雨宮兄弟の骨董事件簿（アンティーク・ファイル）

高里椎奈

角川文庫
23421

contents

character

雨宮陽人（あまみやはると）

24歳のディーラー。両親の留守を預かり、雨宮骨董店を切り盛りしている。お人好しで明るく、誰からも好かれる。

雨宮海星（あまみやかいせい）

陽人の弟。病弱で家から出られず、人嫌いな面も。ある不思議な力を持っている。

本木匡士（ほんもくきょうじ）

25歳の刑事。陽人とは旧知の仲で、なにかと兄弟の世話を焼いている。

第一話
女神のカメオ

1

潮風に手を引かれて大人になった。

海岸沿いにモダンな倉庫が建ち並ぶ港町。船からの積荷を運ぶ幹線道路を逸(そ)れた駅前には近未来的なビル群が見られるが、小路(こうじ)に入ると一昔前のレトロな街並みが今尚(いまなお)、日々と共に息衝(いきづ)いている。

川沿いの桜並木を望む景色は四半世紀前から時が止まったようで、立ち止まる者をノスタルジックな気持ちにさせた。

せせらぎを遡(さかのぼ)って吹く風は仄(ほの)かに潮の香りがする。水面に視線を下ろすと、澄んだ水に陽光が反射して瞬く星を鏤(ちりば)めたようだ。

「あの兄弟、ちゃんと飯は食ってるのかな」

流れ星が降るように頭を過(よぎ)った一瞬の考えが、地表に減(め)り込んだ隕石(いんせき)の如く意識に爪(つめ)

痕を残して居座る。もし川がコンクリートの絶壁に挟まれた水路でなかったら、思い悩む彼自身の顔が水面に映っていたに違いない。

本木匡士、二十五歳、地方公務員。

きっと冴えない、夜勤明けの疲れた顔だ。

「ついでに買うだけ、途中で寄るだけ」

誰へともない弁解をして信号を渡り、弁当店で唐揚げ弁当とハンバーグ弁当と幕の内弁当を注文する。オフィスビルを横目に大通りを下って、コンビニエンスストアで麦茶とプリンを買い足せば充分だろう。

金属製の飾りアーチが洒落たヘアサロンは最近出来た店だ。表参道だか渋谷だかに本店を持つ有名なスタイリストがオーナーらしい。

緑のオーニングが張り出すファストフード店の角で右折すると、一つ目の十字路で空気が変わるのを感じた。

時間旅行をしているかのようだ。或いは異国の地に、はたまた人によってはテーマパークにいると錯覚するかもしれない。

浦賀に端を発する開港を皮切りに、港町には海の向こうの文化が数多く持ち込まれた。土地開発をされた大通りに企業ビルや全国展開の支店が建ち並ぶ一方で、近代の表層を剥がすと、当時の建物が軒を連ねている。

オレンジ色の壁に黒い窓枠、壁を伝う蔦に二階の窓辺に吊り下げたプランターの赤い花。煉瓦造りの二階建ての窓枠は夏雲の様に白く、外階段で縞猫が欠伸をする。

石畳は左右からなだらかに傾斜して、中央に浅い溝が走っている。モデルとなったパリの街では窓から汚水を捨てていた時代の名残らしい。小路の両脇には排水溝が別に埋め込まれており、一帯は劣悪な景観とも悪臭とも無縁である。雨が降った翌日に水が川へと流れていく程度だ。

民家の外階段で縞猫がまた欠伸をする。

アイスクリームを持った親子とすれ違って道の端に寄ると、対面側の小さな店が丸ごと視界に入った。

街並みに溶け込むダークブラウン基調の店構えは、西洋のチョコレート店を彷彿とさせる。しかし近付けば、木製の窓枠で上下左右に仕切られたキャビネットウィンドウに陳列される商品が菓子でない事が誰にでもすぐ分かるだろう。

日差しを嫌う窓は黒っぽく霞んで、窓枠によって切り取られた世界は白黒写真の様だ。澄まし顔で並ぶのは陶器、磁器、什器。シュタイフ社のテディベアが小首を傾げてこちらを覗き返す。

数歩下がって上方を見上げると、バルコネット付きの開き窓の隙間から、レースのカーテンがはためくのが見えた。どうやら弟も起きているようだ。

匡士は手に下げた弁当の袋をちょいと掲げて、フランス窓に似た扉を押し開けた。

2

「陽人（はると）。生きてるか？」

呼びかけながら扉を閉めた弾みで、弁当の紙袋が商品に当たりそうになり、匡士は慌てて身を竦（すく）めた。

紙袋の角が触れたのは棚に飾られた金色の洋燈（ランプ）だ。純金ではなくブロンズ製の彫刻だが、「ドレスの様な見事なドレープを描くデザインはアール・ヌーヴォーを代表すると言っても過言でなく、繊細な襞（ひだ）にまで丁寧に貼られた金箔（きんぱく）は大変貴重」で、手に入れようとすれば匡士の貯金は跡形なく吹き飛ぶと教えられた記憶が、背筋の凍る感覚と共に刻み込まれている。

そんな高級品は布付きの木箱に入れて大事にしまっておけと言いたいところだが、それを言い始めたら店内の全てがお蔵入りして、ここは蛻（もぬけ）の殻になってしまう。

「陽人」

カブリオレ・レッグのハイ・チェスト、飾り金具が煌（きら）びやかな抽斗箪笥（コモード）、上品な色合いのグスタヴィアン・チェアには、磁器とは思えないほど柔らかな顔立ちの磁器人形（ビスクドール）が腰かける。

木枠にガラスを張ったコレクターケースはロの形に配置されており、宝飾品やシルバーボックスに囲まれたその中心で、青年が机に向かってスタンドルーペの角度を調節していた。

「陽――」

声を掛けようとして、キャビネットの陰に人が立っている事に気付く。匡士は掲げかけた手をそうっと戻して、ばつの悪い顔で会釈をした。

「先客でしたか。失礼」

二人連れの客はつまらなそうに一瞥(いちべつ)しただけ。

スタンドルーペのネジを締めて、漸(ようや)く顔を上げた青年が少し微笑んでみせた。

二十四歳になる成人を捕まえて使うには不似合いかもしれない。しかし、彼が笑うと大事に育てた花が綻(ほころ)んだかのように空気が緩やかになった。緊張も、明暗も、時間の流れさえ緩んで浮世を離れる。

綿シャツに袖(そで)付きケープの様なゆったりしたカーディガンを羽織って、ともすれば年齢不相応に渋くなりがちな装いも、彼が着ると海外の流行(はや)りに見えるから不思議だ。というより、狡(ずる)い。

金の飾り縁が付いた全身鏡に映る自分の姿が目に入って、匡士はよれよれのネクタイを申し訳程度に締め直した。

「お待たせしました。お持ち頂いたお品物を拝見します」

陽人が二人連れの客に声を掛けると、片方がスクールバッグから布張りの小箱を取り出した。遺失物で時々届けられる、婚約指輪などが入れられるジュエリーケースだ。いくら高級に見えても、指輪を渡した後の箱を気に掛ける人は少ないのだろう。

意外なのは、客のいずれも婚約指輪を売り払うには若い事だった。

小箱を持っている方は近くの高校の制服を着ている。あの学校は学年が上がるまでスカート丈をアレンジしてはいけない生徒間のローカルルールがあるから、一年生でない事だけは分かる。

今一方のセーラー服は近隣の学校では見ない。港町だけあってスカーフが治療用の三角巾に使える形状の学校は多いが、彼女が着けているのは襟の下で留めるタイプのリボンだ。

匡士は埃っぽい髪を整える振りをして、鏡越しに三人の様子を窺った。

陽人が白い手袋をして箱を受け取る。

蓋が開かれて、手に取られたのは楕円形のブローチだろうか。

「カメオですね」

陽人が左手の親指と人差し指で金枠を挟み、ペンライトで裏側から光を当てた。

カメオ。

石や貝殻に浮き彫り細工を施す装飾品である。本体は円または楕円形、描かれるモチーフは人物像が多く、現代ではブローチ、ペンダントといった大型のアクセサリーに用いられるが、古代ギリシャでは指輪にして印章代わりにも使われた。

匡士はスマートフォンでカメオの説明を触りだけ読み、文字量に疲れて画面を消した。陽人と違って本を丸暗記する趣味はない。

「ギリシャ神話に於ける美の女神。黒い下地に純白のモチーフは、どんな場所でも使いやすいシックな配色です。御購入はどちらで？」

「訊く必要ある？」

ブレザーの高校生が煩わしそうに言って、肩に掛かる髪を背に払った。

陽人は微笑みを崩さず彼女の言葉に耳を傾けている。

「目の前に現物があるんだから、それ見て鑑定してくれれば良くない？　売った人を知りたいって、前の店ではどう評価されてたか気になるんだ。鑑定に自信ないの？　この店、大丈夫？」

彼女は声に呆れを滲ませて、ネイルに載せたデコレーションチップを馴染ませるように撫でる。

（言うなあ）

匡士は鏡越しに覗き見て、視線をセーラー服の高校生に気付かれそうになり、素知らぬ態度でキャビネットウィンドウの方へ移動した。通りに面した窓に辛うじて店内が映っている。

鑑定眼を疑われた陽人だが、特段気にした様子はなく、相変わらず焦れったいくらい悠長な手付きでペンライトをルーペに持ち替えた。

「アンティークは『百年以上前に作られた製品』に限るという基準があります。いつ何処で作られた物か、明確な記録があると価値が強固に保証されるんです」

「へえ、そうなんだ」

ブレザーの高校生は手首を外側に倒して、思いの外、素直に聞き入れる。

「死んだお祖母ちゃんがくれた。出来るだけ高く買って」

「成程」

陽人は頷いて、ブローチを天鵞絨が貼られたトレイに置いた。

「こちらの買い取りは致しかねます」

「何でよ」

「当店はアンティークを専門に取り扱っています。百年以上前に作られた物でなければ、買い取りも販売も出来ません」

陽人の言葉が指し示す意味。

あのブローチはアンティークを模倣した新しい作品という事だ。

「購入された際のお話をお聞きしたかったのですが、元の持ち主様が他界されているのでは難しいですね」

ブレザーの高校生の表情は硬い。彼女はトレイを再び反転させて、陽人の方へ突き返した。

「この価値が分からないなんて、本当にちゃんとした骨董品店？」

「……ねえ、やめよ」

セーラー服の方が彼女の腕に手を添えて制したが、止まらない。

「私らが高校生だから足元見て、ごねて安く買い叩く気に決まってる。詐欺に遭いましたって通報されたくなかったらまともな鑑定して」

「通報とは穏やかではないですね」

陽人が微笑む顔で眉を傾ける。

売りたい、買えない。このまま押し問答が続くと面倒な事になりそうだ。匡士は億劫な足を爪先で返して、コレクターケースに歩み寄った。

「あー、君達。そこの賞状みたいの、見えるかな？」

指差してみせたのは奥の壁に掛けられた額縁だ。骨董品と並べるには不似合いな黒いアルミフレームの中に、格式ばった書面が収められている。

遠くからでも目に入るのは『古物商許可証』と『雨宮』の文字。

「警察署で発行される許可証だ。きちんと認可を受けて商売をしている店だよ」

「誰？　関係ない奴は黙ってろよ」

「………」

いっそ通報させた方が手っ取り早いのではないだろうか。

匡士が投げ遣りな気持ちになった時、壁に作り付けられた本棚の一部が開いて、強張った空気が微かに流れた。

誰もがそちらを見てしまうのは仕方あるまい。

だが、姿を現した少年は視線を向ける方が不躾と言わんばかりに眉根を寄せた。

客の高校生より若干、背が低い。佇まいは背丈の差以上に幼く見える。

カットの時期を一月も逃したような黒髪は艶やかで、霧雨の様に繊細だ。日に焼けていない肌は血色さえ薄く、細身の体軀と相俟ってグスタヴィアン・チェアに座る磁器人形より脆く見える。

少年は室内履きのサンダルをペタペタ鳴らしてコレクターケースを迂回し、匡士の前で立ち止まった。

「もくもくさん」

前髪の下から匡士を見詰める視線は真っ直ぐで手加減がない。

「おう、どうした」

「お弁当、何？」

「へ？」

「上から来るのが見えた。何？」

少年が黒目だけを動かして、匡士の手に下がる薄茶色の紙袋を捉える。

「ああ、唐揚げとハンバーグと幕の内」

「俺、ハンバーグ」

さも当たり前という口調で要求する彼に、匡士は流石に溜息を禁じ得なかった。

彼が陽人の弟である。

「あのな、海星。今、それなりに取り込んでるんだが」

「買い取りの話はもう終わったんでしょ」

彼を長居させる方が収拾を遅らせそうだ。匡士は紙袋からマジックペンでバーグと書かれた立方体のランチボックスを取り出した。

「スープも入ってるから、お湯入れて飲むんだぞ」

「ありがと」

言う事を聞く気がない時の返事だ。

海星はランチボックスを両手で包むように持って、本棚の戸へと引き返す。来た時と同じくコレクターケースを迂回して、通り過ぎ様にブローチと高校生をチラと見た。

「厚化粧の業突張り」

小声で一言。

静かな店内では全員が聞き取るのに充分な大きさだった。

「何なの、お前！　ちょっと、逃げるな」

ブレザーの高校生が噛み付くのを聞きもせず、海星は本棚の奥に帰って行った。

「気分悪！　年下のガキに嫌味言われるし、マウントおじさんに絡まれるし、鑑定はまともにしてもらえないし最悪過ぎ。こっちは客なんですけど」

「そうですねえ」

陽人の暢気な相槌が高校生の怒りに油を注ぐ。彼女が矛先を陽人に定めて睨み付けると、彼は柔らかくいなすように目を細めて笑顔で続けた。

「鑑定の結果、お持ち頂いたお品物がアンティークでなかったとしても、お客様である事に変わりはありません」

「まだ偽物呼ばわりするの。インチキ詐欺師」

「しかしながら」

罵られても、陽人の口調は波ひとつ立てず、笑顔は晴れた海より穏やかだ。

「結果に対する不満を周囲に転嫁していては一生、良いも悪いも見定める事は出来ないでしょう。御満足頂けなかった際は、三店ほど回ってみる事をお勧めします」

「何……この」

「もういいよ。行こう」

セーラー服の高校生が宥めてブレザーの袖を引く。

陽人がブローチを箱に仕舞って蓋を閉じると、ブレザーの高校生は腕で薙ぎ払うように箱を取り上げて、匡士に肩をぶつけて店を後にした。

「ありがとうございました。またどうぞ」

閉まる扉に送られた声は相変わらず長閑で、店の空気が緩やかに解けた。

3

扉に平和な札を掛けて、施錠だけは頑丈に。

『休憩中。インターホンでお呼び下さい』

本棚の隠し扉を開けるとすぐ右側に階段が現れる。数段で踊り場に着いて折り返す階段は、そこにベビーゲートが立てられて先に進む事は出来ない。

階段の下に扉が一枚、犬が蓄音機に耳を傾ける絵のプレートが貼り付けてある。音入れの同音と掛けた手洗い所だ。

反対側にもう一枚。折り紙ほどの小さなステンドグラスを嵌め込んだ扉を開けると、四畳半の小部屋があった。

白い窓枠の上げ下げ窓が扉の対面に三枚、いずれも鉄格子で覆われている。店の性質上、地上階の防犯は厳重にせざるを得ないだろう。

天井から吊るされたペンダント照明は、金属の骨組みに色ガラスを流し固めた水色と白の傘で、造りは古いが光量は充分に得られる。

その真下に三脚台の丸テーブルが鎮座して、二つの椅子が向かい合う。

匡士はテーブルに紙袋を置き、サイドボードの抽斗から湯呑みと急須を取り出した。

茶葉は右の戸の中にある。

「お待たせ」

陽人が水を湛えた湯沸かしポットを持って来て、電源台に載せる。匡士が念の為に後ろから覗くと、案の定、電源コードが床に垂れていたので、しゃがんでプラグを挿しておいた。

「刑事になれたと聞いた時は、顔も見られないくらい忙しくなるのかと思った」

「今のところ、交通課と変わらないな。上司が五月蠅いくらいだ」

「夜勤明けって顔。お疲れ様」

「お前の方が」

匡士は膝を叩いて立ち上がり、陽人をこちらに向かせた。

のんびりとした笑顔はいつも通りだが、目の下に薄らと隈が出来ている。

「寝てないだろう。海星が熱を出したのか？」

「少しね。でも、寝ていないのは秋季のオークションカタログが届いたから読み耽ってしまって」

「は？」

「すごいんだよ、今回はタラ・ブローチが出品されるみたい。勿論、七〇〇年代のオリジナルではないけど、レプリカでも十八世紀に作られていれば現代から見ればアンティークだ。古代ギリシャ・ローマ様式が流行した時代にケルト様式が復元された事実は学術的にも素晴らしいと思わない？」

「そうだな。食って寝ろ」

匡士は杜撰に相槌を打って、弁当の袋を押し付けた。

来て良かった。弟には過保護なほど甲斐甲斐しいくせに、自分の事になると無頓着なのだから、傍から見てもどかしくなる時がある。

「ランチョンマット使う？」

「是非使う」

「変な所で几帳面だよね、本木先輩って」

陽人は愉快げに笑ったが、商談にも使われる部屋のテーブルが安物のはずがない。食事を美味しく摂る為にも予防策は万全に張らせてもらう。

「はい、どうぞ」

自分の方が子供みたいに能天気な顔をして、陽人が園児を扱う保育士みたいに匡士の席にランチョンマットを敷いた。

湯沸かしポットのスイッチが切れる。匡士は急須に熱湯を注ぎ、二人分の緑茶を入れてから腰を下ろした。

「バケツ形のボックス弁当にも幕の内があるんだね。あ、中が段になってる」

「食えない物があったらこっちに投げていいぞ」

「うん。折角だから頑張る。……柴漬けと里芋はあげる」

匡士の好物では勿論ないが、誰しも頑張っても飲み込めない物はある。匡士は箸で唐揚げごと白米を掬って口に運んだ。

「保護者が怒鳴り込んで来たらどうするんだ」

「うん？」

「さっきの客」

商売に面倒事は御法度だろう。ところが、陽人はもう忘れた様子で、時間を掛けて思い出した顔をする。

「どの道、未成年からは親の同意がないと買い取れないよ」

「そういう話じゃない。店を出た途端、ＳＮＳで悪評を拡散されるとか考えろ」

今時、気に食わない事があれば三秒でインターネットに放流され、好奇心の網に捕らえられれば一時間で炎上する。誰でも正義の従者と真偽を問わない焚き火好きを心に飼っているのだ。理性の檻は熱に弱い。

「ディーラーにとっては、世間の評判より業界側の信用が大事だから大丈夫」

「客商売やってる奴の台詞じゃないぞ」

「先輩こそ、保護者が署に怒鳴り込んで来たらどうするの？」

「俺は何もしてない」

「うちの古物商許可証の申請者は父さん。僕は両親の留守を預かるお兄ちゃんです」

「よく言う」

匡士は頬張った唐揚げに歯を立てた。

陽人の信用を担保する為に許可証を引き合いに出すのは、虚偽を含むと言わざるを得ない。雨宮骨董店は彼の両親が開いた店で、両親が世界中を飛び回って買い付けをしているのは事実だ。が、決してそれだけではない。

「嘘は騙される相手に吐くもんだ」

「名乗る分には資格は要らないからねえ」

「そういう意味じゃない」

「買い被るなあ」

陽人が焼き鮭を半分に割って箸で器用に骨を取り除く。更に半分に割って一口サイズにすると、安価な弁当のおかずが高級旅館の凝りに凝った朝食の様だ。陽人はそれを小さく開いた口に運び、幸せそうな顔で丁寧に咀嚼した。

彼が鮭を一欠片食べる間に、匡士の弁当は底が見え始めている。陽人が悠長に茶を啜るのを見て、匡士は箸を磯辺揚げに突き刺した。

「海星の具合はよさそうだな」

「お陰様で」

「しかし、少しは注意してもいいんじゃないか？」

「何を？」

陽人が大豆の煮付けを一粒だけ摘む。

匡士は磯辺揚げを二口で食べて緑茶を飲み、空になった湯呑みを置いて席を立った。

「あの態度だ」

急須の蓋を外して湯沸かしポットから熱湯を注ぐ。既に開いた茶葉が水流に舞い上がって散りぢりに渦を巻いた。

「今は自宅課題で融通を利かせてもらってるが、いずれは必要に迫られて他人と関わる事になる。自分は君達とは住む次元が違いますって態度で辛辣な嫌味ばかり吐いてたら、いくら正しい事を言っていたとしても敵しか作れない」

匡士は急須に蓋をしてテーブルに戻り、二つの湯吞みに茶を足した。

陽人が薄色の水面を見ている。

「…………」

「…………」

「本木先輩は」

急須をサイドボードに置いて椅子に座った匡士に、陽人がいつもの穏やかな表情で尋ねた。

「先輩と海星が喧嘩をしたら、僕はどっちの味方をすると思う？」

考えるまでもない。

「兄馬鹿」

匡士の溜息が緑茶の水面を揺らすと、陽人が笑って卵焼きに箸を移した。

「まあ、どうにもならん問題が起きたらいつでも話してくれ」

「国家権力の濫用は良くないよ」

「解決するとは言ってない。聞くだけだ」

匡士が邪険に手を振って払った時、初期設定の呼び出し音が鳴り響いた。余りのけたたましさに二階まで届いているのではないかと思わず天井を見上げてしまう。

匡士はスマートフォンを両手で挟んで、椅子から腰を浮かせた。

「済まん。職場からだ」

「上司さんも君に聞いて欲しい事があるみたいだね」

陽人が手の平を上向けて通話を許容する。

画面に表示された文字は彼の言う通り『発信者：黒川凪』。

匡士は申し訳程度に距離を取り、部屋の隅で応答ボタンを押した。

「お疲れ様です。本木です」

「キキ。こんな時に何処で油を売っている」

スピーカー越しの不機嫌な声が匡士の鼓膜を直撃する。この上司はいつも当たりが強いからほぼ通常運転だ。

「夜勤明けで自宅に帰る途中です」

「すぐに引き返して署に戻りなさい。管轄内で一級の盗難事件が発生した」

「また勝手な等級を付けて……課長に叱られますよ」

「五月蝿い。美術館で展示されるレベルの宝飾品が盗まれたんだ。サンダルを銜えて持ち去った飼い犬と同列に並べられるか」

そんな事もあったなあと思う頭の反対側で、黒川の緊迫した声にただならぬ事態を察知する。匡士は食べかけのランチボックスに蓋をして、割り箸ごと紙袋に入れながら、陽人に目配せをして扉に向かった。

「五分で行きます。当たるのは美術館ですか、宝石店ですか」

「両方だ。持ち主が言うには二百年前にフランスの貴族が作らせたブローチで、女神の横顔を彫った瑪瑙(めのう)の――」

「カメオ?」

聞き返して反射的に振り返ると、陽人が切れ長の目で瞬(まばた)きをした。

4

十余年前、耐震工事が入った時に重大な欠陥が見付かり、九割改装という名の建て替えが行われた藤見(ふじみ)警察署は、数本の柱を残し、近隣の各署より群を抜いて洒落(しゃれ)た建物に生まれ変わった。

匡士が刑事を志すより前の話だ。

配属時から変わりなく、毎日通っていればヴェネツィアのカレッツォーニコも日常の背景に馴染(なじ)む。

突然、イタリアの美術館を引き合いに出したのは匡士の趣味ではない。改装を請け負った建築士が欧州旅行中に感銘を受けてオマージュしたのだそうだ。無論、納税者の心証が考慮され、彫刻等のデザインは簡略化されている。

等間隔に直立する通し柱と半円アーチの開口部を潜り、二階へ上る階段の手摺(てすり)は透かし細工を施した黒塗りの金属製。歯飾りのモールディングに支えられたバルコニーはただの装飾だが、ピアノノービレの大きな窓は廊下に明るい陽光を招き入れた。

刑事課と交通課の間に開かれた待合スペースもまた午後の日差しに包まれて、木製のベンチと自動販売機が匡士の休みたい欲を後押しする。

眠気覚ましのコーヒー一本くらい許されても良いのではないだろうか。

匡士はスーツの後ろポケットからスマートフォンを引っ張り出そうとした。

「キキ！ 遅刻して来てコーヒータイムとはいい度胸だ」

張りのある声で怒鳴られて、匡士は振り向く前から項垂(うなだ)れた。

その人は運動靴で廊下を踏み締め、腕組みをして仁王立ちしていた。

黒いパンツスーツのボタンを残らず閉めて、伸びた背中にポニーテールの黒髪を下ろす。怒りで捻(ね)じ曲げられた唇の上で鼻先を反らし、チタンフレームの眼鏡が目付きを鋭くした。

「俺、退勤後なんですが……」

「来ると言ったからには出勤前だろう」

なんと強引な理屈だ。

黒川は憤然と腕を解いて、腰に手を当てた。

「大体、誰だこの部外者は」

「あー」

彼については言い訳のしようもない。

「黒川刑事、初めまして」

匡士の後ろから陽人が悪怯れずに顔を出した。黒川が表情を定めかねている。

「お噂はかねがね、散々聞いていたので初対面という気がしませんね」

「私は見るのも聞くのも初めてなのだが」

「骨董店でディーラーをしております、雨宮陽人と申します」

骨董という単語を耳にした途端、黒川が般若にも優る形相になって匡士の胸倉に拳を押し付けた。

「貴様、機密情報を漏らしたのか」

「連絡を受けた時に偶々一緒にいたので……会話の断片が聞かれてしまった事は否定出来ません」

「情報漏洩に関しては報告書を上げてもらう。雨宮君にはお引き取り願います」

黒川が毅然と言い放つ。陽人はそれでも萎縮する事なく、寧ろ良いのかと窺うように匡士を見上げた。

陽人が居合わせた偶然は、幸運の部類に入る可能性がある。

匡士は短髪の後頭部を指先で散らして、汗ばんだ地肌に風を通した。

「骨董品なんですよね？」

「専門家は他にもいる」

黒川が勘良く先回りして拒絶する。

盗まれたカメオと、雨宮骨董店に持ち込まれたカメオ。現段階で関連性を示す手がかりは皆無に等しいが、切り捨てるには惜しくもある。

匡士が曖昧な直感を言語化出来ないでいると、陽人が小声でぽそりと言った。

「アフロディーテ？」

謎の呪文を聞いた途端、黒川の瞳が鈍く光った。

「何処で聞いた」

「聞いたと言う程では」

陽人がのらりくらりと言葉を濁す。匡士は右肩を下げて囁く声で尋ねた。

「何の話だ？」

黒川がこちらを睨んでいる。

陽人は頭を匡士の方に傾けて、その視線はしっかりと黒川を捉えた。

「店に持ち込まれたカメオに彫られていた女神の名前です」

「！」

黒川が二歩で距離を詰める。彼女は陽人に摑みかかろうとした手を宙で握り締めて、周囲を見回した。廊下には他課の警察官や民間人が行き来している。

「中に入りなさい。洗い浚い話してもらいます」

背を向けた黒川の髪が撓って鞭の様だ。匡士は上体を反らして毛先を避け、陽人を連れて刑事課に入った。

5

ガラスの壁で仕切られたミーティングルームは、殆ど常にスクリーンが下りている。刑事課の会議室をオープンスペースにする訳にはいかないのだから、初めから壁で良かったようにも思えるが、取調室の透明性が上がった事は一定の評価を得た。

会議は既に終わったようで、写真が貼られたホワイトボードと置き忘れたペットボトルが放置されている。

黒川は機密情報の詰まったホワイトボードを回転させて、目の前の椅子に陣取った。

「どうぞ座って」

「どうも、座ります」

陽人が相変わらず飄々と答えて向かいの席に腰を下ろす。

「これは任意の事情聴取です。キキ、記録を」

「了解」

匡士はデスクで専用のノートパソコンを借り受け、ミーティングルームに入った。

「手短に聞きます。店に持ち込まれたカメオとは？」

「お客様に鑑定を依頼されました」

「私にはどれが何の神様か見当も付かないけど」

黒川の疑念は理解出来なくもない。匡士にも首から上のギリシャ彫刻はどれも同じに見える。当て推量で適当な神様の名前を出して、話を合わせているだけではないかと疑われているのだろう。

陽人は急いで弁明するでもなく、口元に笑みを湛えてゆったりと答えた。

「『ヴィーナスの誕生』は御存じでしょう」

「貝殻の上にミロのヴィーナスが立っているアレ？」

ミロはヴィーナス像が発見された島の名だが、陽人が訂正しないので匡士も口を挟まないでおく。黒川と共通の認識が得られた事が陽人にとっては重要らしい。

「アフロディーテ、英名ではヴィーナスと呼ばれます」

「同じ神様だったの？」

「はい」

黒川は眼鏡の縁から目がはみ出すほど瞼を開いて、取り繕うように咳払いした。

「本件との関係を示して下さい」

「カメオで描かれるモチーフは有名な絵画を参考にした物も多く、元があれば見分けるのも容易になります」

陽人が右手と左手を順に広げてみせる。

「持ち込まれたカメオは、十九世紀にギュスターヴ・モローが描いた『アフロディーテ』に強く影響を受けている事が見て取れました」

「ギュスターヴ・モロー」

黒川が復唱して椅子を引く。彼女はホワイトボードの陰でタブレットを操作していたかと思うと、顔を上げて眉を顰める。それから、ホワイトボードに貼られた数枚の紙から一枚を外して、タブレットと共にテーブルに並べた。

画面に映し出されている画像は青い海と空を背景に佇む女神の絵画だ。一方、A4の紙にはカメオの写真が印刷されている。

黒川が人差し指と中指で画像の顔部分を拡大すると、女神の横顔はカメオの彫刻と瓜二つだと分かった。

「覆輪留めのフレームもよく似ていますね。裏返して見られないのが残念です」

「客の名前は！」

黒川がテーブルの天板を手の平で叩く。国士は恫喝、威圧に該当しやしないかとキーボードを打つ手を止めたが、詰め寄られた陽人は縁側で飛行機雲でも眺めているかのような居住まいだ。

「お聞きしていません。身分証の提示は買い取り時にお願いしています」

「美術館に展示しても遜色ない逸品を買い取らなかった？　骨董屋は喉から手が出るほど欲しいでしょうに。いえ、盗品だと分かっていたなら無理もないか」

訝る黒川に、陽人は両手を膝に置いて微笑んだ。

「僕にもひとつ教えて下さい」

「捜査情報を口外するのは規則違反です」

厳しい口調で一蹴して、黒川が匡士を睨む。面倒から逃げて目を逸らした匡士とは対極に、陽人は黒川から視線を外す事なく問いかけた。

「盗難届を出したカメオの持ち主は御存命ですか？」

「……殺人事件は一課の担当です」

黒川は隠すまでもないと踏んだらしい。事実、死傷者が出ていないから捜査三課が動いているのだ。

「鑑定を依頼したお客様は、カメオを亡くなったお祖母様より譲り受けたと言いました。お客様が正統な相続者だった場合、盗難届を出した方に所有権はありません」

「警察に虚偽の通報をしたと言いたいの？」

「滅相もない。偽物だったのは持ち込まれたカメオです」

陽人が朗らかに微笑んで言う。黒川の切迫した表情が、一秒の間に感情を三種類ほど経由して唖然に行き着いた。

「別物？ それを早く言いなさい」

「すみません」

押されると押された分だけ引くのが陽人だ。匡士は証言を掻い摘んで入力してから、彼の代わりに口を出した。

「けど、美術館クラスというのも被害者の自己申告ですよね」

「鑑定書も一緒に盗まれたので、買ったディーラーに確認するところだが……」

黒川がタブレットを取り、折りたたみケースを閉じる。画面とケースの間に中指が挟まって、彼女の手元がまごついた。

「どうしました？」

言い倦ねる理由があるのだ。匡士が半ば確信的に尋ねると、黒川は少し陽人の方を気にしてわざと椅子を引く音を立てた。

「祖父母から相続した物で直接の面識がない為、連絡先を探さなくてはならない上に、存命かどうかも怪しいらしい。元々普段は金庫の内抽斗に仕舞ってあって、鑑定書が一緒に入れてあったかどうか家族の誰も覚えがないとか何とか」

早口と大きな音ではぐらかしても誤魔化せる内容ではなかった。

「そりゃまた厄介な」

「大変ですね」

「他人事みたいな反応をするな。特にキキ！」

黒川が二人を一纏めに叱り付ける。

「すみません」

「頑張って、本木先輩」

「雨宮君、あなたも」

陽人は外野から暢気に声援を送っていたが、黒川に名を呼ばれてきょとんとする。黒川はカメオが印刷された紙を彼の前に差し出して、蛇の如き眼差しを光らせた。

「お店に売りに来た客は何らかの事情を知っている可能性があります。善意の情報提供者として捜し出すまでの協力を要請します」

「モンタージュとか作ります？」

「キキ。雨宮骨董店の客はあなたの担当とします」

「へーい」

匡士も制服くらいは覚えているが、陽人の協力があった方がスムーズに進みそうなので、自分が目撃した事はとりあえず黙っておく。

「そういう事で、よろしく」

黒川は扉を必要以上に広く開き、カモシカの様な健脚であっという間に捜査に飛び出して行った。

「礼くらい言って行けよ」

匡士が毒突いて事情聴取ファイルを新規保存すると、保存完了のメッセージボックスが開くと同時に陽人が立ち上がる。

「早速行こうか」

「何処に？」

　モンタージュならここでも作れるが。

「張り込み、でしょ」

　陽人が掛けてもいないサングラスをクィと上げる真似をした。

6

　道路に点々と赤い種子が落ちている。

　剣道場の外に植えられた泰山木(たいさんぼく)が実を付けて、種が塀の外まで飛んできたようだ。

「バナナスムージーのお客様」

「ありがとうございます」

　陽人が背高のグラスに顔を綻(ほころ)ばせる。店員は匡士の前に残るコーヒーカップを置くと、カフェのロゴが刺繍(ししゅう)されたエプロンから伝票を取り出してスタンドに挿した。

「少々お待ち下さい」

「よろしくお願いします」

　匡士はコーヒーカップの把手(とって)に人差し指を潜らせて店内に目線を配った。

アメリカのダイナーをモチーフにした内装は、独自のアレンジが加えられて目に優しい配色をしている。ダイナーに多い赤や黄色は使わず、青と茶を主にして、観葉植物が置かれているのも雰囲気を落ち着かせている要因だろう。

視線を感じて見上げた壁に、レコードのジャケットが飾られている。ステンレスの縁取りのテーブルに肘を突いて上体を捻るが、前後左右の席に客は案内されていない。

「外で待ち伏せじゃないんだね」

何故、陽人が乗り気なのだ。

匡士は呆れながらコーヒーの苦味で声量を抑えた。

「遺産相続で望ましい配分をされなかった遺族が、身内を窃盗犯呼ばわりする通報は前例がある」

「遺言書を公開されたら虚偽通報で捕まるのは自分の方では？」

陽人の言い分は如何にも正しい。

だが、人間は必ずしも正しくない。だから匡士ら刑事がいる。

「店で言ってただろう。不満の理由を周囲の所為にして自分を正当化する奴は、吃驚するほど堂々と理不尽な暴論を押し通す。その内、本当に自分が正しいと思い込んで、被告人席に立ってもぽかんとしてるもんだ」

「歪んだ認知を元に真実を探す。難解なパズルみたいな仕事だね」

「だから、こっちはあらゆる可能性を考える必要に迫られる」

全員が正直に話している。誰かが嘘を吐いている。

カメオは別々に存在している。二つのカメオは同一である。

「同一だった場合、盗まれたカメオも偽物になる」

「上手に誤魔化してあったけれど」

「間違いない？」

匡士が念を押すと、陽人が太いストローでバナナスムージーをかき混ぜた。

「カメオは石や貝殻を削って、輪っかの土台に嵌めて作る。裏側から光を当てればヒビや内包物が透けて、見た目通りの素材か判別出来るんだ」

「純金と金鍍金みたいなものか」

「それから、持ち込まれたカメオは土台の縁が高く作られていた。先輩の言う金鍍金の方は、側面に素材の積層が見えないから隠さないとね」

陽人が手の平でグラスの側面を覆う。真上から見なければ、グラスの中がジュースか紅茶かわからない。

「二つのカメオが同じ物で、誰も嘘を吐いていない前提で考えると、持ち主も鑑定依頼人も偽物だと知らない事になる」

「既に盗まれて贋作にすり替えられていたのなら、お身内が皆に秘密で売ったかな」

「どうして身内だ？」

「ただの泥棒はわざわざ贋作を用意しない。発覚を遅らせたい人物の犯行だ」

陽人らしからぬ物言いである。彼は仕事でもプライベートでも事実しか口にしない。推測で他人の悪事を断言するなど平素の陽人からは最も遠い行いだ。

「……実例が？」

「こちら側でよく聞く話」

陽人が柔らかな笑顔で背筋の凍る事を言う。深く突っ込まない方が良さそうだ。

匡士はまだ温かいコーヒーで暖を取った。

「あの高校生──鑑定依頼人が本来の相続者であれば身内の問題だ。警察の出る幕はない。逆に、通報者が正統な相続者なら、身内と雖も高校生を容疑者と見做す」

「二つのカメオが別物だったら……やるせないな」

グラスに結露した水滴が表面を伝って流れる。陽人の笑みが僅かに翳る。

「貴重なカメオが盗まれて、高校生はお祖母さんに嘘を吐かれていた。思い出の宝物に値段を付けるのは、時々申し訳ない気持ちになるね」

表の通りを下校中の高校生達が楽しそうに歩いていく。

匡士が陽人や同級生と過ごした学生時代の思い出を、他人に無価値と鑑定されたら、きっと腹が立って悲しい気持ちになるだろう。

依頼人の高校生もそうだったのかもしれない。

「値段を付けて欲しいと望んだ結果だ。感傷で評価を甘くするディーラーじゃ商売にならんだろ」

「うん、鑑定に加味はしないんだけど」

陽人があっさり割り切ってバナナスムージーを飲み干した。

来店した客が窓辺の席に案内される。注文を聞いてカウンターに入った店員が俄かに慌ただしく動く。彼女に背を押されて店の奥から姿を見せたのは、雨宮骨董店を訪れたブレザーの高校生だった。

「……っ」

高校生が踵を返して厨房に駆け込む。

「陽人、ここ頼む」

匡士は即座に立ち上がり、店を出て裏路地側に回り込んだ。予め、従業員通用口は調べてある。

ダストボックスの角を曲がったところで、アルミ製の扉が勢いよく開き、ブレザーの高校生が飛び出して来た。

「止まって。話を聞くだけだ」

高校生は聞く耳を持たずに反対方向へ逃げる。

なりふり構わない犯罪者と異なり、高校生は我武者羅だが周囲を巻き込むような無茶はしなかった。ただひたすらに速い。トップスピードがなかなか落ちない。

だが、もし相手が現役陸上部員だったとしても、死に物狂いで逃走する相手を追って街中を走る術にかけては匡士も熟練者だ。

（この先は信号があるから距離を詰め過ぎない方がいい。焦って赤信号を渡られては困る。渡られても夕方開店の飲食店が多いから、店に入られて見失う心配はない）

高校生が交差点に差し掛かる手前で、匡士は彼女の背後から外れて歩道橋を上った。階段は走り続ける足に応えたが、彼女が逃げる方向を上から確認して後を追える。

開いた距離を縮めるのは匡士の嫌いな意地と根性だ。

「怠い。カフェラテ飲みながらデスクワークしたい」

弱音を独りごちて、匡士は高校生が横断した方の階段を駆け下りた。川通りに追い込めれば後一手で詰みだ。耳に嵌めたワイヤレスイヤホンを素早く二度叩く。

「川通り東、焼鳥屋の角」

視界に高校生の背中と焼き鳥居酒屋の看板を捉えて、匡士は徐々に速度を下げた。

「あっ」

高校生が靴底をアスファルトに滑らせて止まる。

前方から陽人が歩いて来て、スマートフォンの画面をタップする。

匡士はイヤホンを外し、警察手帳を高校生に掲げて見せた。

「お話を聞かせて下さい」

高校生が切れぎれの呼吸で肩を上下させて、煩わしそうに髪をかき上げた。

7

成人男性二人と高校生の組み合わせが目撃されると、双方にとって不利益しかない。

匡士はリスクをタクシー運転手一人に収束させて、場所を雨宮骨董店に移した。

警察署が誰にとっても安全だが、警察署にいる姿を誰にも見られたくないという高校生の訴えを聞いた結果である。

「どうぞー」

陽人がペットボトルを匡士と高校生の前に置いて、開け放した扉をドアストッパーで留める。

「録画させてもらうけど、俺しか映さないし、捜査記録以外には使わないから」

言いながら、カメラを起動するのは匡士自身の身を守る為でもあった。後から高校生に訴えられたとしても潔白の証明が出来る準備をしておかなければならない。

「バイト先に来るなんて最悪」

高校生が親指の爪を前歯に当てる。今日はネイルを落として化粧も薄い。

「名前を聞いてもいいかな」

「知らない訳ある？」

「ないなあ。上田衿朱さん」

衿朱が舌打ちの形に顔を顰めた。

因みに、盗難届を出した被害者は戸波家という。上田家との血縁関係を調べるには時間が足りなかった。事情次第では血縁がないとも限らない。

「警察って顔だけで身元特定出来るの？」

「内部機密です」

「気色」

罵られてまで隠すほど高度なアルゴリズムがあれば、血縁関係も総浚いにしている。

匡士が彼女を捜し出した方法は地道な捜査と幸運頼りだった。

制服から高校と学年を特定して、近隣のコンビニエンスストアを当たり、同校生徒のアルバイトから話を聞く。特徴を伝えた二人目の心当たりは空振りだったが、四人目が運良く衿朱の同級生でバイト先を教えてもらう事が出来た。

「古着屋で服を売るのと同じだろ。どうして警察が出しゃばる訳？」

「君こそ、警察を見て逃げるのは疚しい証拠では？」

「…………」

沈黙が不都合を語る。

匡士はポケットから四つ折りの紙を抜き出した。

「ある民家に空き巣が入った。盗まれたのは女神のカメオ」

紙を広げて二本のペットボトルの中間に置く。ミーティングルームのホワイトボードに貼られていた写真だ。

衿朱が紙から目を逸らした。

「似てるだけでしょ」

「それを証明する為に、君にブローチを譲ったお祖母様の氏名を聞かせて欲しい」

「嫌」

「じゃあ、警察の監督下でもう一度、鑑定を――」

「分かった」

匡士の胸に期待が過った刹那、衿朱が不敵な笑みを頬に含ませる。彼女はペットボトルに手を伸ばして水を飲むと、潤った喉で声に生気を取り戻した。

「あたしに訊くって事は、あのブローチが盗品って証拠はないんだ」

見抜かれた。匡士は無愛想を保ったが、内心では終わった、どうしたものか、帰りたいの三拍子である。

「それはどうかな」

思わせぶりな台詞で間を繋ぐも、声には初めから力が入らなかった。

「お疲れ様でーす」

衿朱が椅子を引き、通学鞄を肩に掛けて立ち上がる。引き止める口実がない。彼女が戸口で陽人から顔を背ける。

廊下を歩き出す衿朱の後ろ姿に、暢気な口調が呼びかけた。

「迷いがないですね」

「？」

衿朱が訝しげに視線を返す。

陽人は部屋に入って飲みかけのペットボトルを取ると、廊下に引き返して彼女に差し出した。

「自分が正しいと思っている時。それから、誰かの為に動く時。信じる人には正義が宿り、迷いが消える。強くいられる」

「陽人？」

匡士は席を立ち、戸口から廊下を覗いた。

衿朱の表情が明らかに曇っている。

「鑑定を依頼したのはあなたでしたが、帰ろうと促したのはお友達でした。カメオの持ち主があなたなら、お友達が売買を止めるのは不自然です」

「人の物を無理やり売ろうとする方が奇妙しくない？」

「お友達は本物だと言っている。信じる人の為なら。お友達に売却したい事情がある。正義の為なら。専門家の意見も厄介者の嘘に聞こえるでしょう」

「やめて」

衿朱が通学鞄のベルトを握り締めて俯いた。

「もう一人が本物の売り主？」

匡士は驚きと同時に、衿朱の強気な態度が胃の腑に落ちるのを感じた。匡士も自分の為に刑事をしようとは思わない。正しいとされる事を実行する。誰かの助けになるなら喜ばしい。そんな、ちっぽけなりに正義感があるから強くいられる日もある。

「昨日今日会った他人よりお友達を信じたいですよね」

「…………」

横顔に掛かる髪の内側で、衿朱が震える唇を固く結ぶ。

「でも、あのカメオは偽物ですよ。ガラス玉です」

陽人が朗らかな笑顔で容赦なく断言した。

「人類が技術の限界に挑んで作り出した鍛錬と知性と心の結晶、それを何人もの人間が大切に受け継いで、百年を経てアンティークと呼ばれます」

語る声が氷の様に冷えていく。

「贋作を真作と偽って世に送り出す事は、オリジナルの製作者、長い歳月に心を砕いた持ち主達、彼らを繋いだ人々、作品に魅了された全ての人の感動を踏み躙る行為だと御理解頂きたい」

匡士は今になって、彼が乗り気で捜査に同行したのではないと知った。

アンティークへの敬意が、静かに陽人を突き動かしている。作り手に始まり、未来へ続く担い手を不幸な被害者にしない為に、自分の知識を使えと我が身ごと匡士に差し出したのだ。

匡士は額に手を当てて自嘲を隠し、遅過ぎる返答をした。

「取り締まりは任せろ」

「よろしくお願いします」

陽人から手渡されたバトンの重みを、匡士は漸く正しく受け取れた。

「上田衿朱さん」

「何よ」

「現段階では彼女を見付けて逮捕するって話じゃない。法に触れずに友達を助ける方法はあるんじゃないかな」

「……お祖母ちゃんにもらったと言ってた」

衿朱が掠れた声で話し始める。陽人がペットボトルを差し出す腕を下ろす。

匡士は慎重に質問を選んだ。

「売る理由は聞いた？」

「家族が進学費用出してくれないから、売ったお金で受験したいって。古い家で弟だけが可愛がられるから、お祖母ちゃんが心配して遺してくれたって話してた」

「そりゃ、しんどい話だな」

匡士が率直な感想を相槌にすると、衿朱は顔を上げて訴えかけた。

「盗んだって嘘だよね？　気に入らない家族が取り返したくて通報したんだよ」

「そういうのも含めて捜査するのが警察の仕事だから大丈夫。話も聞かずにカメオを取り上げたりしない」

「うん……取り上げられても偽物だけど」

衿朱は陽人の鑑定も信じたようだ。

「家の人より先に彼女と話したい。身の安全を守る事にもなると思う。連絡先を教えてくれないか？」

「いいよ。けど、もう遅いかもしれない」

匡士は陽人と顔を見合わせた。

衿朱がスマートフォンをタップしてSNSアプリを開く。表示されたのはパフェのアイコンのアカウントで、更新は一昨日で止まっている。

名前は『Rima』。本名もメールも記載はない。自撮りや家といった本人に結び付く写真は投稿されておらず、テキストも「眠い」「新曲好き」と特徴はない。

「好きなバンドが一緒で繋がってから殆ど毎晩通話してた。昨日から何度か呼びかけてるけど返事がなくて。りまは大丈夫なんだよね？」

衿朱が制服の襟元で拳を握り締めて、瞳を怯えた色で曇らせる。

「悪いのは子供を一人の人間扱いしない親なのに、外面がいいから担任も周りの大人もまともにあの子の話を聞きやしない。お祖母ちゃんが遺してくれた逃げ出す唯一のチャンスなんだ。生まれる家は選べないけど、自分の将来は好きに決めさせてあげてよ」

「事情は分かった。片方の言い分だけを信じて糾弾したりしないと約束する」

「絶対だよ」

玲朱が小さく頷く。陽人が再び水のペットボトルを差し出すと、彼女は素直にそれを受け取って、店の出口の方へ歩き出した。

「話してくれてありがとう。バイト先には落とし物を拾った礼に来たと伝えてある」

匡士が言い忘れていた事を伝えると、

「話を合わせておく」

玲朱は手の代わりにペットボトルを振って店を後にした。

8

独りでに閉まる扉を、匡士は茫然と眺めた。

玲朱と違って近隣では見た事がない制服だから、全国の学校を捜査範囲に入れなければならない。SNSの運営会社に情報開示を求めて地域を絞り、防犯カメラの映像を元に学校を特定する事は出来るだろう。

しかし、時間が掛かる。辿り着くまでに売却されない保証はない。個人間で売買を成立させる仕組みはいくらでもあるのだ。

匡士の苦悩にブーイングを鳴らすように、テーブルに置いたスマートフォンがガタガタと耳障りな音を立てる。画面に表示された発信者は『黒川凪』。

有益な成果が上がっていないのは、黒川の第一声で明らかだった。

「そっちはどうだ？」

トーンが低い。疲労が電波すら重くするようだ。

「行き詰まった所です。そちらは？」

「皆無だ。買い取りを断られての他店に行ったのではと隣県まで捜査範囲を広げたが、何奴（どいつ）も此奴（こいつ）も店の記録にはないとしか言わん」

「売買をしてないから記録に残ってないんでしょう」

「だとしても、噂も出ないのは警察を舐（な）め腐ってるとしか思えない。柳にシャドウボクシングする方がまだ実りがある」

「信用商売の鑑（かがみ）ですね」

口の堅さは信頼の厚さに直結する。明確に犯罪と示せなければ、警察より客に重きを置かれるのだろう。

「盗まれたカメオと全く同じデザインのカメオを売りたがってる高校生……目的が分かれば手も打てるんだが。現場を洗い直すかそれとも」

黒川のぼやきが不格好なノイズに切断されて、匡士はスマートフォンを耳から離した。通話の終了と前後した独白だったらしい。

応接室を出ると、明かり取りの窓の下で陽人が微笑む。

「先輩、僕にして欲しい事ある？」

逆光で眩んだ視覚に記憶がちらついた。

彼と出会ったのは、百日紅の花が鈴なりに咲く高校二年の夏休み明け。

『私、一年のアマミヤ君が好きなの』

匡士はクラスメイトの前で玉砕した。

最悪なのは、自分で告白していない事だ。匡士の中ではまだ芽吹く前の恋心であり、先に育むのは友情であろうと思っている段階で、フットワークの軽い友人が良かれと口を滑らせたのが原因だった。

あれから九年。

友人付き合いが続いているのは、偏に雨宮陽人が信頼に足る人物だからだ。

使えと言うなら、思う存分、頼らせてもらおうではないか。

匡士は腹の底の方が期待に躍るのを感じた。

「陽人。同業者から、女神のカメオに関する情報を集めてもらいたい」

「了解」

陽人が答えて店に移動する。すぐに社交的な挨拶が聞こえて、尋ねては礼を言って電話を切る流れが五度くり返された。

六度目。段々と雲行きに不安を覚えてくる。匡士が気紛らわしに階段で踏み台昇降運動をしていると、軽い足音が下りて来て、踊り場から冷淡な視線を投げた。

「何してるの？」

「海星」

まだ寝ていたのだろうか。海星は上下揃いの部屋着に、肩からブランケットを掛けている。

彼は開いた扉から店の方を覗いて、陽人の姿を確認した。

「電話？」

「同業者に訊いて欲しい事があったんだが、よく考えると同業者って競合相手だろ。そう易々と手の内を明かさないよな」

「大丈夫だよ」

海星があまりにあっさりと言うので、匡士は反応しそびれてしまった。海星がつまらなそうに欠伸をする。

「兄さんが誰かに嫌われるとこ、想像も出来ない」

「身贔屓……と言いたいが、概ね同意だ」

「だろ」

海星がブランケットごと階段に腰かけて、膝に頬杖を突いた。

「本当ですか？　ありがとうございます」

弾んだ声が場を明るくする。陽人はその通話が終わるなり、受話器を持ったまま二人の元に戻って来た。

「アフロディーテのカメオの鑑定依頼を受けた店があった。台座の特徴からも、同じデザインで間違いないと思う」

「あの高校生か！」

気が逸って匡士は身を乗り出した。が、陽人は左右に首を振る。

「二十歳くらいの大学生だったみたい」

「は、誰だ？　いや、警察の聞き込みではそんな話ひとつも出てきてないぞ」

「妙な話は他にもある」

陽人が不穏な前置きをする。

「鑑定依頼に来たのは一週間前。一目でおもちゃだと分かって買い取らなかったのだけれど、客は安心した様子で礼を言って帰ったらしい」

「安心って何に……」

陽人が肩を竦める。匡士が混乱する視界の端で、海星が瞬きを一度だけ。

「金庫に閉じ込めておくからだ」

と、またつまらなそうに独りごちた。

9

車窓を流れる景色がレトロな街並みから近代的なビル群に変わる。

人気のない通りは靄が立ち込めて、車間が開くと前を走る車のナンバーも見えない。

　匡士が雨宮骨董店で得た情報を署に持ち帰った後、事態は急速に動いた。

「お前の話が本当なら大掛かりな捜査になる」

　黒川が何度も念を押したが、匡士は意見を曲げる気はなかった。

「これを見て下さい」

　匡士はミーティングルームのテーブルに藤見近辺の地図を広げた。予め、該当のポイントを赤いマジックペンで丸く囲んで、付箋で日付を貼り付けてある。

「一週間前、確認出来た中で初めに女神のカメオが持ち込まれたアンティークショップです。彫刻にシャープさがなく、側面からガラスが見えており、値段も付けられませんでした」

　匡士は続けて市外の赤丸を指差した。

「翌日がこの店、その次の日はここ。最新が昨日、七軒目です」

「雨宮骨董店」

　黒川が苦虫を噛み潰したように顔を歪めて赤丸を二重にした。

「同日、被害者、戸波家から盗難届を受理しました」

「所有者に確認したところ、金庫の内抽斗に保管していた為、紛失が発覚したのは昨日ですが、少なくとも一ヵ月は取り出していなかったそうです」

　同僚の捜査員が左手を挙げて報告を加える。別の捜査員が骨董店を時系列順にホワイトボードに写して、リストの上に盗まれた可能性のある時期を書き入れる。

黒川が人差し指で眼鏡を押し上げ、ホワイトボードを睨んだ。

「つまり、戸波家のカメオは一週間より以前に盗まれていて、窃盗犯は偽物を本物と偽って売り付けようとしたが尽く失敗した、と」

「部分的には同意です」

「同意に部分も全文もあるか」

苛立たしげに先を急かされても、匡士に慌てる可愛げがあったのは新卒一年目までである。匡士はトランプを配るように、写真を束から一枚ずつテーブルに並べた。

「各店舗の防犯カメラから印刷した画像です。映りは不鮮明ですが、持ち込んだ客の人相がバラバラな事が分かります。一様に『鑑定』の依頼のみで『買い取り』を求めませんでした」

「偽物のガラクタだったからでは？」

「自分もそう言いましたが――」

「言った？」

黒川が聞き咎めてサイドの後れ毛を耳に掛ける。匡士は咳払いして言い直した。

「思いましたが、六軒目で対応をしたのは引退した先代で、老眼と物忘れが進行しており、破格の提示をしました。しかし、依頼人は買い取りを断っています」

「……よく聞き出せたな。言うなれば、店の沽券に関わる失敗を」

「ははは。日頃の行いですかねえ」

乾いた笑いにもなる。人徳があるのは匡士ではない。

黒川が下唇に親指を当てて輪郭を潰す。

「窃盗事件に便乗した愉快犯か。腕自慢が高値を競ってコンテストでもしているとすれば話が通らんでもない。だが、持ち主が気付く前に盗難を知る必要がある」

「盗まれた事実に加えて、実物の写真も不可欠では？」

「いや、モチーフの絵画があるのだろう」

「それにしても、悪趣味なコンテストの主催者は窃盗犯本人、或いは窃盗の事実と現物の情報を持つ人物に限られる」

「やはり、戸波家に近い人間ではないでしょうか」

捜査員らと黒川が意見を交わす。

匡士はメモをスクロールして該当箇所を読み返し、頭に入れてから口を挟んだ。

「カメオの浮き彫りは一点ずつ手で彫刻を施されます。同一の絵画をモチーフにしたとしても、サイズや位置がずれる。況して、髪の一本まで等しくはなり得ません」

「それを競うのでは？」

「彫れないんです」

先輩の捜査員が不思議そうにする。匡士も昼まではそちら側の認識だった。

「カメオは宝石、貝殻、象牙などにモチーフを彫刻して、主に円盤のフレームに嵌めて作られます。本体の状態が最も肝要です。貝殻であれば宝石より柔らかいですから、ヒビやラインが入ったり、緻密な細工ほど欠けたりするそうで、フレームの金の含有量や刻印を元に時代と価値を見極める手がかりとします」

「昼行灯の兄貴の受け売りだな」

「仰る通りで」

友人への憎まれ口は聞かなかった事にしておく。

「鑑定に持ち込まれたカメオは、ガラスに瑪瑙を鍍金の様に貼り付けて作られていました。ガラスに深い彫刻は出来ません。用いられる手法は鋳造のみです」

「鋳造というと、型を取って素材を流し込む……」

「はい」

匡士は黒川に頷き返した。

「ガラスでカメオを作るには鋳型を作る本体、要は実物を使わなければなりません」

ミーティングルームにいた全捜査員が次の動きに備えて立ち上がった。

捜査会議から一夜、捜査令状が出るまでに情報の裏取りと地固めに走り回り、朝日を迎えに行く準備を整えた。

瞼を閉じると眼球に涙が滲みる感覚がしたが、眠気は影も形もない。目の奥が熱いのは防犯カメラの映像を長時間、見続けた所為だ。

酷使した甲斐あって、映像は尋ね人の尻尾を確りと捉えていた。

硬質なビルの林を過ぎてモダンな倉庫街に差し掛かる。

助手席で書類を読み耽っていた黒川が、座席から背を起こし、長い髪を結い直した。

「気を引き締めなさい。一人残らずマークします」

「了解です」

三台の車が一棟の倉庫の入り口を放射状に囲む。

黒川を先頭に捜査員が逃走路を固める。

間もなく港に日の出が訪れる。潮の香りが身体に馴染み過ぎて、日常がすぐ隣にある事に、匡士の神経が奇妙な据わり方をした。

ビーッ。

搬入口の横に作り付けられた緑の扉。すぐ横のブザーを黒川が押すと、ベルと電子音の中間の様な音が倉庫の外まで聞こえた。

「はいはい、今開けるよー」

ハスキーな声がだらしなく応える。

「早く着いても時間潰してから来るのがマナーじゃないの。全く」

早朝の静けさは控えた声量の独り言も包み隠そうとしない。

内鍵が解かれて、扉が外へ押し開かれた。

「誰……」

細い眉根を寄せた顔は瞼が甘く、欠伸を飲み込んで小鼻がひく付く。ベリーショートの髪は寝癖の他にも顳顬の高さに段差があり、襟足の髪が方々へ撥ねている。肌理の整った肌と目立たない喉仏。長袖のカットソーと黒いカーゴパンツに白い粉末状の埃が付着している。

彼が捜査員と車に視線を走らせる間に、黒川が捜査令状を広げた。

「倉持紀二郎さんですね」

「え、分かりません」

等閑に白を切って、泳ぐ目が後ろに控える匡士を捉える。匡士は黒川の横から捜査令状の対象者欄を読み上げた。

「通称。スパイダー、夢彩@今日から月収一千万円、アザレア、のし餅、Rima」

最後の名を呼びながら目線を上げると、彼の瞳孔が引き絞られて黒目が澄む。

その顔を見て匡士も確信した。

彼こそが衿朱を連れて雨宮骨董店を訪れたセーラー服の高校生りまだ。

「あなたには窃盗、及び偽造品の売買に関与した疑いが掛けられています。こちらは家宅捜索の令状です。御確認を」

黒川が捜査令状を突き付ける。

りまは旋毛の寝癖を手櫛で倒して、顔を斜め下に背けた。

「何かの間違いでは？　ぼくは夜間勤務の倉庫番です」

「捜査令状を拒む事は――」

「ぼくはアルバイトの一人です」

黒川が力で押し切ろうとするも、りまは後ろ手で扉を閉めて譲らない。黒川が眼鏡のレンズの内側から横目で匡士を睨んだ。彼を容疑者に挙げたのは匡士だが、だからと言って彼にまつわる不機嫌まで責任は取れない。

匡士は言葉を選ぶ声と溜息(ためいき)を複合させて「あー」と低く息を吐いた。

「こちらの倉庫は昔、ガラスの浮き玉を作る工房だったそうですね。プラスチック製が主流になって工房は閉鎖、倉庫として売却されましたが機材は残っているとか」

「知りませんよ」

「因(ちな)みに、今月に入ってからの電気使用量です」

匡士は電力会社から取り寄せた明細を提示した。三週間前から使用量が跳ね上がっており、冷蔵でもない倉庫にはそぐわない数値に及んでいる。

「よく分かりませんが、話から察するに何かの偽造品がここで作られていると?」

りまがアハハと笑って上を向いた。

「こんな倉庫で何が作れると言うんです。素人の急拵(きゅうごしら)えなんざ誰の目も欺けません」

「あなたが素人か否かを今ここで明らかにする事は出来ません。けど、プロの目を惑わせられるかどうか確かめる最も簡単な方法を、あなたは実行しましたよね」

戸波家からオリジナルを盗んで型を取る。砂や粘土に押し付けて立体的に転写する方法が一般的だが、替えの利かない貴重なアンティークだ。スキャナでデータに起こして、3Dプリンタで鋳型を製作したかもしれない。

ガラスで本体を作り、瑪瑙の鍍金と金細工のフレームで仕上げる。

試作品第一号の完成に先駆けて、りまはSNSを使ってアルバイトを雇った。

仕事内容は『宝飾品をアンティークショップに持ち込んで、鑑定結果を知らせる』事。QRコードで解錠するコインロッカーを使えば、受け渡しトラブルもない。――これは駅構内の防犯カメラでりまの姿を複数回見付けた事から後付けで言える推測だ。

鑑定結果を踏まえて、次の試作品は精度を上げる。

価値が付かなかったにも拘らず安堵したアルバイトがいたと陽人から聞いたが、その人物はおそらく頼まれた仕事が犯罪に関連すると勘付いたのだろう。だから、売り物にならなかった事に胸を撫で下ろしたと考えれば合点が行く。

試行錯誤がくり返されて六回目。遂に、試作品は高評価を得た。

「プロが認める完成度になったと報せを受けて、大いに喜んだでしょうね。その鑑定士が老衰で引退した先代とも知らずに」

「何だって……？」

りまの表情が漸く真剣味を帯び始める。

「半分、思い出の中で暮らしていて、ごっこ遊びをしてしまうそうです」

匡士がわざと空惚けて言うと、りまの額に血管が青く浮かんだ。

売却に値すると踏んだ彼は新たにアルバイトを雇った。七人目はそれまでと主旨が異なる。六人は贋作の出来栄えを測るお遣いだが、七人目、衿朱は自分の代理を務めるスケープゴートだ。

雨宮骨董店を訪れた衿朱は明確り「買って」と意思表示をしている。

古物売買は記録が残る。捏造した身の上話で衿朱の同情を引き、後込みしてみせて彼女に売らせれば、後から発覚しても捜査線上に浮かぶのは上田衿朱の名だけ。自分は安全に金だけ受け取る、なんと卑しく小賢しい計画だろう。

「口を滑らせないように見張ろうとした？　金額交渉に口を出したかった？　理由はこれから聞くが、変装をしても最新の画像解析は同一人物の判定が出来るらしい」

「嘘だ！」

汽笛の音が朝靄に籠る。大気が動き出して風を生む。

何処かの扉が開いて慌ただしく走り去る複数の足音と制止する声が揉み合う。段ボール箱を薙ぎ倒す振動が地面を揺らすようだ。裏口に配備された人員と空箱が功を奏したのだろう。

黒川が改めて捜査令状を広げて、りまに突き付けた。

「入らせて頂きます」

「後少しだったのに……っ」

りまが身を翻して倉庫内に駆け込む。匡士は黒川と共に彼の後を追った。

高い天井に剥き出しの梁が張り渡されている。だだっ広い倉庫は幾つかのエリアに分けられて、奥の方に機械やパソコン、シャッターの前に二台の車とバイク、手前側にアウトドアテーブルと椅子を置いた休憩スペースがある。

りまは休憩スペースに隣接した事務机の前に立っていた。

机の上を黒いトレイが占領しており、高窓から差し込み始めた光をキラキラと反射している。匡士が目を凝らすと、女神のカメオが大量に並んでいるではないか。

りまはトレイに拳を突き立てたかと思うと、高らかに笑い出した。

「好きなだけ荒らしなよ、刑事さん」

彼は笑い声を響かせながら、ヘリノックスのチェアワンに腰を沈める。

「やってくれたな」

黒川が女神のカメオを一望して頭を抱えた。匡士は首を傾げた。

機材に偽造品、おそらくデータ関連も揃っている。これだけの数を作っていたのは驚きだが、既に販路を確保していたなら聞き出す事で再発防止の手も打てるだろう。

「残らず押収して、連行するだけでは？」

「キキ。お前はこの数を見て何も思わないのか？」

「特には」

「鈍い奴は気楽だな」

黒川は落胆を露わにして、机の端に手を突いた。

「奴は最後の悪足掻き（わるあがき）でこの中に『何か』を混ぜ込んだ」

何か。

「まさか真作（オリジナル）？」

思い至って、匡士の血の気が一気に引く。黒川の呆（あき）れた顔に文句も言えない。

「この中に本物がなければ彼奴（きゃっ）はただのコピー屋。あれば住居侵入の上で美術品を盗んだ窃盗犯。とんだ嫌がらせをしてくれたものだ」

途方もない時間を奪われる。

確定した未来に、匡士の徹夜明けの身体が重力を倍増させた。

10

車の振動が豪快な貧乏ゆすりに感じられる。

「情報を集めて頂いて、鑑定のノウハウを御教授頂いて、果ては証拠品の選別と来た。雨宮陽人様におんぶに抱っこだなあ、おい」

黒川が全身で苛立（いらだ）ちを発して、黒いアタッシェケースを人差し指で叩（たた）いている。

匡士はバックミラーを見ない態（てい）で鈍感に徹した。

「餅は餅屋です。自転車泥棒と一緒って訳にはいかんでしょう」

「贈収賄の捜査より神経がすり減る……スリップダメージがすごい」

黒川の苛立ちはアタッシェケースの中身に対する緊張でもあるらしい。誤って紛失でもすれば謝罪では済まされない代物が入っているのだ。一刻も早く署に持ち帰りたいのが本音だろう。

「店の前に停めます。先に降りて下さい」

「いや、駐車場には私が持って行く。お前が兄弟に話を付けておけ」

黒川は反論を聞かない高圧的な口調で指示すると、運転席から匡士を引き摺り出して、アタッシェケースを押し付けた。

「くれぐれも失くすなよ。宇宙が吹き飛んでも守り切れ」

宇宙が吹き飛んだら訴える人も匡士も消滅しているが。理不尽な命令を残し、黒川が車を出す。匡士は営業中の札をひっくり返してから店の扉を開けた。

幸い、店内には陽人しかいなかった。

「本木先輩。いらっしゃい」

「昨日は助かった。お陰で犯行グループを押さえられたよ」

「よかったね」

陽人の長閑な笑顔が匡士を躊躇わせる。しかし、仕事は仕事だ。匡士はコレクターケースの上にアタッシェケースを載せ、厳重な鍵を外した。

「済まないが、もうひとつ頼まれてくれないか？」

「何？」

「署から謝礼は出る」

匡士はアタッシェケースを開けて、陽人の方へ向けた。

「おや」

陽人は感嘆の声までおっとりしている。逆の立場だったら、匡士は目を剝いて言葉を失っていたに違いない。

鞄の中にはスポンジとサテン布が敷かれて、カメオが無数に詰め込まれている。隣り合ったフレーム同士がギリギリ接しない間隔で六十個。スポンジの土台を持ち上げると更に下から同じ数のカメオが現れる。これが重なって六段あった。

コレクターケースの上をあっという間に占領した三百六十個のカメオを改めて目の当たりにして、匡士は弁解せずにはいられなかった。

「これでも素人目でも分かる不良品を除外したんだ。割れてたり、内側のガラスが覗いてたり……だが、限界だ。頼む。この中から真作を見付け出してくれ」

「謝礼が時間給だったら先輩の月給を超えそう」

陽人の冗談が冗談に聞こえない。

白い手袋を嵌めて端のひとつを摘み、裏面からペンライトの光を当てる。カメオを水平に持ち、ルーペでサイドの造りを確認する。

「完成度が上がっているね」

つまり、見分けるのに時間と労力を要するという事だ。

「どのくらい掛かる？」

「普通なら十日は欲しいけど、捜査に支障が出る？」

「う……」

「だよね」

匡士と陽人のどちらからともなく発した唸り声が頭から終いまで一致する。

信頼出来ると雖も物証を十日間も預けられないから、陽人に藤見署へ通ってもらうしかない。その間、店を閉めては商売に影響が出るだろう。

「運良く初めの方で当たりを引けるかもしれないけど」

「鑑識と、他にも何人か鑑定士に協力を依頼して、倉庫の方も総浚いしないと」

窮鼠猫を嚙むの諺が匡士の脳裏を過る。嚙まれた痕が炎症を起こして大惨事だ。

店内の物言わぬ骨董品まで悲嘆に暮れたかのように静まり返る中、本棚の隠し扉が開き、白いシアーシャツの裾が覗いた。

「よう、海星。起きてたのか」

匡士は挨拶をして、柱時計に目を遣った。海星の立ち居振る舞いは夜の静寂を纏うようで、太陽も高い昼日中である事を忘れそうになる。

「今日は道すがら弁当屋に寄れなくてな。元々出直して差し入れに来るつもりだったから、リクエストがあれば聞くぞ」

「兄さん」

否、海星はいつも以上に意識を狭く閉じているように見えた。匡士に憎まれ口を利く事もなく、余分を映さない瞳(ひとみ)は闇より深い漆黒で、初めて感じる不思議な雰囲気が海星を包んでいる。

「どうしたの？　海星」

「困ってる？」

「少しね」

「分かった」

不思議というより一種、異様な——匡士はそこまで考えて、自身の思考を強引に断ち切った。友人の弟に使っていい表現ではないと律する気持ちが働いた為だ。

だが、匡士が仮令何(たとえなに)を言おうと、海星は意に介さなかっただろう。

彼は一面に並ぶカメオの前まで直進して、三百六十個の中からたったひとつを両手で掬(すく)い上げた。

「はい」

「ありがとう」

カメオを受け取って、陽人が優しく微笑む。

匡士は兄弟二人が話す他愛ない光景に、何故か呑(の)まれてしまって棒立ちになった。

海星が扉に引き返して思い出したように振り返る。

「もくもくさん。ミートソースパスタが食べたい」

「……ああ、任せとけ」

「おやすみ」

海星の後ろ姿を隠して扉が本棚に戻った。

気付くと、陽人が渡されたカメオを丹念に調べている。

匡士は金縛りが解けたみたいに、急に動くようになった足でコレクターケースに近付いた。蹌踉けてそちらに傾いたと言う方が正確かもしれない。

『買い被るなあ』

自分には何もないという顔をしながら、陽人のアンティークに関する膨大な知識と誠実に積み重ねた人脈は、三課の捜査網をも凌ぐ。

『困ってる？』

海星のそれは不可思議としか言い様がない。

だが間違いなく、本事件を解決に導いたのは彼ら兄弟だ。

三百五十九個のカメオが触れられもせず、元の位置に残されている。

陽人が上体を屈めて抽斗から布張りの箱を取り出す。たったひとつのカメオがそこに収められて、匡士の方に差し出された。

「アフロディーテのカメオ。雨宮骨董店の名に於いて真作と鑑定致します」

彫刻の高潔な横顔が美しく笑みを湛えた。

匡士の頭はまだ鈍くしか動かない。

「これが真作？　十日は掛かるはずの鑑定をたった一目で」

ありえない。言葉にすると、改めて違和感が強くなる。

陽人はゆったりした動作で偽造品をアタッシェケースに仕舞い、丁寧に蓋を閉じた。

「海星は妖精に愛されているからね」

聞き返す時間はなかった。

ドンドンドン！

表の扉が叩かれる。ガラス戸に顰め面を寄せて、暗い店内に目を凝らしているのは黒川だ。防犯の為に施錠したのを忘れていた。

「キキ！　開けろ」

「騒がしくして済まん。後でまた礼に来る」

匡士は小箱をスーツのポケットに押し込み、アタッシェケースを抱えて背を返した。

「お疲れ様」

陽人が手を振る。

情報収集に繋がる人脈と人徳、知識も鑑定の技術も陽人が歳月を掛けて身に付けたものだ。一方で、謎めいた事件の核を逸早く見抜いたのは海星だった。

上品な色合いのグスタヴィアン・チェアに座る磁器人形、豪奢な抽斗箪笥、カブリオレ・レッグのハイ・チェスト。ドレープの滑らかな洋燈が匡士を見送る。

内鍵を起こして扉を開けると、黒川の怪訝がる視線と冷たい風に晒された。

「もう終わったのか？」

「はい」

「流石はプロという訳か」

閉まる扉の嵌め込みガラスに匡士の気の抜けた顔が映る。

ガラスに瑪瑙を貼り付けて、価値をまやかす偽造品。

「厚化粧の……」

裏返した営業中の札が少し揺れて、穏やかな午後の陽光が通りを明るく照らした。

第二話　シルバーボックス

1

三十年前は、青空の下で高額な骨董品が取引されていた。

世界各国で毎日のようにアンティーク・フェアが開かれて、持ち前の鑑定眼で掘り出し物を見付ければ、数百円で買った古品が一億円にも化けたという夢物語も多く語られる。日本でも神社の境内で蔵出しの品々を並べた骨董市が盛んだった。

雨宮陽人が生まれた頃、時代の潮流は様相を変え始めていた。

骨董市の数は減少し、閉店した骨董店は数知れず。

防犯意識の高まりによって宝石や高価な骨董品が外に持ち出されなくなった。法が整備されて、警察の取り締まりが厳格化された。単純に手放す人が少なくなって流通しなくなった事もある。

陽人がこの仕事に就いた時分には、かの夢物語は両親や年上の同業者から聞く古き美しき思い出の中にしか存在しなかった。灼熱の気温と紫外線に美術品を晒していた事に驚嘆さえする。

現在、雨宮骨董店の様な店が国内でアンティークを仕入れるには、来店客や一般家庭から直に買い取る方法、業者相手に商品を売る仲介業者を通す方法が主流だ。

オークション会社が開催する販売会、インターネット上のフリーマーケットでも購入が可能だが、前者は利益を出すのが難しく、後者は実物を見られずリスクを伴う為、陽人は趣味の範囲に留めている。

趣味と実益と勉強と小旅行を兼ねて楽しめるのは、何といっても骨董市である。機会は少なくなったが皆無ではない。

パシフィコ横浜、展示ホールD。全ての出入り口を開け放して、内部まで換気が行き届いた会場内は幾分肌寒い。

割り当てられた区画に自慢の宝を持ち寄る出店者達には、そろそろ顔見知りも増えてきた。全国から集まる日本人骨董商に加え、海外から買い付けに訪れたディーラーとも話せる貴重な機会だ。

売買するのは百年以上昔の品々だが、不思議と取引に流行があるから面白い。

アンティークと聞くと運命のコレクションを求めるイメージが強いかもしれないが、動的資産として投資目的で売買する者も多く、情報と人脈が鍵を握る。

「雨宮ジュニア。どうだいこれ？」

階段箪笥に帯留めを陳列した小区画で声を掛けられて、陽人は歩を緩めた。

髪は見事に白いが、後頭部で結った髪は所謂くるりんぱと呼ばれるヘアアレンジで若々しい華やかさがある。三本束のストライプが洒落た白シャツと色褪せたデニムに、爪先の尖ったブーツは手入れの行き届いた革の柔らかさが見て取れた。

「ヴィンテージのオシュコシュ。この色、好きだなあ」

陽人がデニムを褒めると、老翁が見るからに機嫌を良くする。

一八九〇年代に作業着メーカーとして生まれたオシュコシュは、オーバーオールを世界で初めて子供服に仕立てた事で一躍名を馳せたと言われる。服は型で時代を特定しやすい。彼が穿くデニムは二十世紀半ばのモデルだろう。

「見ろよ、ポケットの色落ちがまた格段にいい」

「三十年もすればアンティークの仲間入りですね」

「その頃には俺もアンティークだ」

「藻島さんをコレクションに加えられたら知識部門で最強になるな……」

陽人が思わず熟考すると、藻島がプレッツェルに似たくるりんぱを震わせて大袈裟に肩を竦める。

「本気の目ェやめろよ、ジュニア」

勿論、本気だ。実行するとは言っていないが。

「藻島さんの知識量は最高傑作にも匹敵します」

「ジュニアはまったくよ……傑作と言ったら、保積さんには会ったか？」

藻島が満更でもなさそうに手の平をデニムに擦り付けて、強引に話題を変える。

保積という名の共通の知り合いは一人。陶器、磁器を好んで扱う同業者だ。

「今日はギリシャで仕入れた取って置きを持参すると聞きました」

「ところがよ、来てないんだわ」

藻島が親指で通路向こうを示す。陳列された木彫り像と行き交う来場者で視界が通り難いが、言われてみれば空の区画があるようにも見えた。

「体調でも崩したのでしょうか」

「なあ。保積の野郎、よっぽど息巻いてたからちっとは楽しみにしてたんだけどよ」

口は悪いが、藻島は気落ちした表情で腕を下ろす。

「保積さんお得意のジョークが聞けないのは残念ですね」

「つまらない冗談は要らねえよ」

「保積さん？」

二人の会話を聞き留めて、通りかかった二人連れの来場者が足を止めた。

「おう、ウィルソンさん。蓮城さん。どうだいこれ？」

「なあに、その汚いデニム」

と鼻白む彼女は、言うだけあって高級ブランドのセットアップを優美に着こなして、立ち姿はモデルの様に指先まで意識が行き届いている。

煌びやかなオークション会場では華麗な立ち振る舞いと雅なドレスで人を魅了する彼女も、骨董市では掘り出し物を求めて鋭い目を光らせる苛烈な狩人だ。が、デニムに興味はないらしい。

「ウィルソンのお嬢ちゃん、差別と暴言は無知の自己紹介だぜ」

「あら、モシマ。ディーラーに年齢も性別も関係なくてよ。ハルトの見立てなら当日即金も厭わないでしょ」

流れ弾で褒められたようだ。

「いやあ、どうも」

「雨宮さん。笑ってないで止めて下さい」

陽人の暢気さを小声で窘めて、五十絡みの男性が慌てて会話に加わった。

「藻島さんのズボン、ヴィンテージですね。リーかな?」

「一九五二年のオシュコシュだよ」

藻島と決まり文句の様なやり取りをした蓮城も同業者だ。アンティークを探し歩く時、ハイキングの様な動き易い靴と服装を選ぶディーラーが多いが、彼は商談にはスーツを着るこだわりを持つ。以前、本人が言っていた。

そういった点で、ウィルソンとは気が合うのかもしれない。

蓮城は今日も三つ揃いのスーツに横長のビジネスバッグを肩から斜がけにして、真四角に折り畳んだハンカチで叩くように額の汗を拭いた。

「商談中でしたか。会話に割り込んで申し訳ない」

「いいえ。保積さんがどうかしましたか？」

陽人が訊くと、ウィルソンが「そうそう」と指を広げてみせた。

「このフェア前に、軽井沢の別宅にディーラーが五人招待されていたのよ。中には旗師もいて、揃って会える機会なんてないから食事をしようと誘われたの」

「談合か？」

藻島がすかさず茶々を入れる。蓮城は言い難そうにハンカチの動きを速めた。

ディーラーはアンティークを扱う職の総称だ。その内訳は複数軸で細分化される。

まず、鑑定。鑑定師を兼任する者もいれば、各分野に長けた鑑定師に依頼して売買中心に行う者もいる。

次に、種類。手広く全般を扱う人ばかりでなく、絵画や宝飾品といった専門分野に特化する人も多い。

そして、スタイル。雨宮骨董店の様な店舗経営に対して、業者相手にのみ取引を行う方法、骨董市や競売にしか出品しない方法、個人相手の買い取りに徹する方法、或いはそれらの複合と多岐に亘る。

中でも特徴的なのが、話に出た旗師だ。

旗師の取引は速い。店舗を持たず、仕入品はすぐ業者に紹介して在庫を抱えない。速度重視で相場より安価での売買も珍しくない為、業者にとって旗師は生命線たり得る。

表に情報が出る事なく完了する取引は、存在すら知られない事も往々にあった。

もし食事会が実現していたら、秘密の取引が成立していたに違いない。

「否定は出来ません。フェアに先駆けてお互いに目玉商品を見せ合う流れになっていたでしょう。私もこっそりカタログを用意していました」

「蓮城さんの集めるメタルウェアは形も細工も多種多様ですから、カタログを見るだけでもわくわくします」

「まだまだ日の浅い駆け出し者で、厳選出来ないだけです」

「俺もお呼ばれしたいもんだ」

藻島が目を細めて羨望を浮かべたが、蓮城は浮かない顔で続けた。

「しかし、直前になって急に中止のメールが来まして」

「皆、気前のいい買い手が付いたんじゃないかってお冠よ。ねえ、レンジョー」

ウィルソンが左の頬を膨らませる。

「怒る筋合いありますかね」

「言ってやるな」

陽人と藻島の囁き合う声は幸い、ウィルソンには届かなかったようだ。彼女は綺麗に整えた爪を手の平に握り込んで、腕を上下にぶんぶんと振る。

「いよいよアンティーク入りするアール・デコを見せてもらう予定だったのに、独り占めは良くないですよ。そう思いませんか？ モシマ、ハルト」

「悔しい気持ちは分かるけど、この世界では物も人も袖擦り合う縁だ。すれ違うだけの出会い未満はこの会場にもごまんとあらあな」

「そうですけど……」

ウィルソンは心から納得は出来ないらしい。

陽人は藻島と視線を合わせて、首を竦める蓮城に微笑み返した。

「よかったら、うちの帯留め見ていってくんな。翡翠の粋なのが手に入ってよ」

「ああ、いいですね。翡翠はアジアの顧客に人気が高い」

藻島の誘いに蓮城が乗ったのは、ウィルソンを宥める目的もありそうだ。拗ねた表情をしていたウィルソンが、好奇心に負けて細い踵で背伸びをする。

「失礼します。電話が」

「おう」

陽人が小声で断りを入れると、藻島が往年の映画スターの様に片目を瞑ってみせた。

ポケットの中でスマートフォンが震えている。陽人は三人に会釈をして離れ、会場の外に出てから三度目の着信に応えた。

「本木先輩。こちらから掛け直すのに」

「急を要する事なんだ。悠長に待っていられるか」

内容に反して、匡士の話し方はどうにも切迫感がない。雨宮骨董店の応接室でアイスを食し、炎天下に出たくないとクダを巻いている時と同じ口調だからだ。

陽人は右足から左足に重心を入れ替えて、傍の柱に身を寄せた。

「万引き犯のポケットからヴィネグレットでも出てきた？」

「ヴィ……？　分からんが冗談を言っている場合じゃない。人が一人消えた」

匡士の低い声に、陽人は遅れて耳を澄ました。

大変な事件だ。同時に、失踪事件を刑事三課の匡士が語る事にも、陽人に連絡が来る事にも不自然さしか感じない。

「消えたって誰が？」

「保積祥吉。長野を拠点とするディーラーだ」

「保積さんがどうして」

口に上りかけた陽人の疑問は、物理的に遮られた。

腕を摑まれ、振り向くと匡士が険しい顔で立っている。

「よくここにいると分かったね」

「詳しい話は車の中で。協力してもらえるか？」

「いいよ」

「助かる」

匡士が自分のスマートフォンをタップして通話を終わらせ、踵を返して陽人の腕を引く。陽人は引きずられるように歩きながら、遠ざかるアンティーク・フェアに名残惜しい眼差しを送った。

*

脈動に合わせて、後頭部を鈍器で殴られ続けているかのようだ。

否、初めの一回は物理的事実として後頭部が硬い何かに殴打された。目から火花が散る衝撃は頭蓋(ずがい)に刻み込まれているのに、今は何故か、痛みすら靄(もや)が掛かって不確かに感じられる。

疼痛(とうつう)は夢の中まで追いかけてきて彼を殴るが、目を開けようとすると瞼(まぶた)が鉛になったみたいに持ち上がらなくて、まだ起きていないのに意識が遠のく。

息が苦しい。

(ああ、また落ちてしまう)

そう思った事さえ、最早(もはや)、夢と現(うつつ)の区別が付かなかった。

2

仕入れや搬入の大型車が多い駐車場で、シルバーグレーのセダンの存在感は大きい。

刑事は二人一組で捜査に当たる。陽人は黒川か別の刑事が待っていると思ったが、車内には誰の姿もなかった。

「おや」

陽人は拍子抜けしながら勝手に納得もした。

紺のパンツスーツもチタンフレームの眼鏡も個性を埋没させるデザインだが、見るからに機敏そうな佇まいと長髪のポニーテールは黒川を躍動的に見せる。

何より、目付きが鋭く強い。後ろ暗い欲を心に秘めたディーラーが彼女を見たら、本能で目を伏せて道を譲るだろう。藤見署で最も潜入捜査に適さない刑事と言っても過言ではない。

一方の匡士は高校の制服の様に馴染んだスーツ、新品ではないが汚くもない黒靴。姿勢は良くないが猫背ほどではなく、顔立ちは悪くないのに気配りに関しては無頓着で好感も抱かせない。言葉は雑だが礼儀作法やモラルに欠ける事もなく、職務には忠実だが覇気はない。欠伸をする犬と同じくらい警戒心を抱かせない人である。展示場に紛れて目立たずに陽人を見付けるには匡士が適任だ。

「乗って。助手席」

「お邪魔します」

陽人は匡士に続いて車に乗り込んだ。

十月初旬、よく晴れた空に雲が流れている。あの風はさぞ心地好いだろうと窓を開けたくなったが、パトカーの後部座席は被疑者の逃走防止で内側から操作が出来ないという。覆面パトカーの助手席は開くのだろうか。

陽人が開閉ボタンを探してドアの内側に手を滑らせようとすると、まるで草食動物みたいに広い視野で匡士が察知して、エアコンの温度を下げた。暑くはないが、窓を開けては話せない内容らしい。陽人は大人しく手を膝に戻した。

「今朝方、保積祥吉の家族から通報があった。昨晩から保積と連絡が付かない。初めは友人と話が盛り上がって気付かないか、寝てしまったのだと思ったが、一夜明けると呼び出し音すら鳴らず、不通のアナウンスに変わってたそうだ」

陽人のスマートフォンは充電が切れがちで誰も心配しないが、大抵のディーラーは商機を逃さないよう、また海外では特に安全の為、連絡手段は常に確保している。だからこそ、保積の家族も心配して通報に至ったのだろう。

「最後に見たのは？」

「二日前、息子が長野の自宅を出る時に送り出した後の足取りは摑めていない」

「別宅は捜した？」

招待の話がなくなって、別宅から展示場に発送する荷物があったのかもしれない。もし病気や事故で倒れているとしたら助けが必要だ。

追い越し車線に移るウィンカーに紛れて、匡士の驚愕に似た呻き声が聞こえた。

「骨董の世界は横の繋がりが強いと聞くが」

「偶々、話題に出ただけだよ。保積さんは軽井沢の別宅で五人の同業者と会う予定を、前日になって中止にしたって」

「長野では警察官が汗水流して走り回ったってのに」

匡士は同情するように嘆息してハンドルを切った。

「別宅の方は家族が調べた。人がいた痕跡はなく、周辺の目撃証言からこの一週間は誰も出入りしていない事が分かってる」

「本木先輩。話を急かすようで申し訳ないのだけれど、僕達に何の関係があるの？」

陽人は首を傾げざるを得なかった。保積と陽人は顔見知りの同業者という程度の付き合いで、彼の自宅は長野県だ。匡士は長野県警の所属ではない。

「保積は宅配便で展示場に荷物を搬入していた。フェア当日に受取人不在で運営会社に留め置かれたが、そこに行方不明の通報を受けた警察が捜査に入り、荷物は警察の預かりになった」

「管轄でいうならパシフィコは横浜署では？」

陽人は警察組織に詳しくないが、彼らの藤見署が受け持つ区域には雨宮骨董店もあり、海岸線より内陸に奥まっている。

「横浜署という警察署はない。西区は戸部署の管轄だ。先月のカメオ偽造事件があった倉庫も西区で、捜査権は戸部署に移された。何が起きたか分かったか？」

「全く」

陽人が子供の頃の癖で視界がぶれるほど頭を左右に振ると、匡士が赤信号で車を止めてハンドルに覆いかぶさるように寄りかかった。

「家族は行方の手がかりが得られればと警察による開封を希望したが、戸部署に骨董の知識を持った署員がいなくて、同期が臆病って連絡して来た」

「頼られているねえ、本木刑事」

「陽人だぞ」

冷やかすように目を細めたのがバレただろうか。匡士が横目で陽人を睨む。

「上司に報告したら、カメオを見付けたのは雨宮骨董店だと黒川さんに進言されて、運営会社が捜査協力の一環で会場から捜し出してくれたっていうありがたーいお話」

「御贔屓にどうも」

陽人は視線を窓の外へ移した。

首都高を潜って長いトンネルに入る。光が遮断されたトンネル内は薄暗い照明頼りで昼も夜もない。

真作のカメオを見抜いたのは海星だが、陽人には説明の仕方が分からない。説明すべきかどうかも決めかねる。おそらく、海星が望まない。

トンネルの閉鎖空間が終わり、視界が白く開ける。陽人は目が眩む感覚に身を任せて頭の中も真っ白にした。

「明るいね。まだ午前中だって忘れてた」

「昼前に終わる量だといいな」

匡士が右手でハンドルをパタパタと叩いた。

前方の高架を電車が通過する。ウィンカーが左折を予告する。四車線の間に中央分離帯がある為、一ブロック旋回して車線を入れ替えるらしい。

ささやかな遠回りをして三度の右折を経た後に、エメンタールチーズの様な白く四角い建物が彼らを待ち受けていた。

壁の様な人が聳え立つ。

「モトキ、恩に切るよ」

「本木」

「そうだったかも。そちらが例の雨宮さん？」

匡士自身が訂正しているのだから可能性を残す余地はなかろうに、壁の様な人は独特な笑顔で陽人に目を留めた。

「雨宮です。初めまして」

「蛇石と申します。本日はよろしくお願いします」

目元が翳り、声は籠り、喋る口元は殆ど動かない。

彼はくの字にお辞儀をすると、腰の角度を保ったまま手の平で会議室の扉へと促す。

匡士が先に入ろうとしたが、蛇石に肘で突いて弾かれた。

「雨宮先生、お願いします」

「先生だなんて、アンティークの世界では入り口に立って間もない若輩者です」

「その入り口が見えてもいないのが我々です。どうぞお力を貸して下さい。雨宮先生、雨宮君子、雨宮大明神」

蛇石が念仏の様に唱えて両手を擦り合わせると、後ろで匡士が白けた顔をする。普段からこんな調子なのだろう。陽人は呼称を流して微笑み、会議室に入った。

捜査会議と聞くと広い講義室を想像してしまうが、案内された会議室は小学校の教室の半分ほどの部屋だった。黒板の類いはなく、長机が五列並んでいる。

窓には全て白いスクリーンが下りて、照明も点灯されていない。室内が仄かに明るいのは、スクリーン越しの朝日が充分に強いのと、長机に置かれたタブレットが光源になっているからだ。

また別の長机に段ボール箱が置かれている。

蛇石がタブレットの前にぬるりと身体を滑り込ませて、声を半トーン上げた。

「お待たせしました、保積さん。専門家をお呼び出来ました」

「すみません。私達も詳しくないもので」

応えた声には質の良くないマイクを通した独特の振れがある。

陽人が蛇石の背後から画面を覗くと、見知った顔が憔悴して隈を作っていた。

「お久しぶりです、マノンさん。雨宮です」

「雨宮さん？」

画面の彼女が驚きで微かに生気を過らせる。

ダークブラウンの長髪をサイドに流して、華やかな目鼻立ちが却って感情を色濃く映す。向日葵の様な笑顔は消え失せて、深い悲しみが彼女を覆い尽くしていた。

「軽井沢のマーケットで一度だけ。保積さんにマイセンの磁器を買って頂きました。花柄が描き込まれた秋の化身で、マノンさんは傍にいるネズミの方を気に入っていらしたように記憶しています」

「あの鳥！　ええ、パリの自宅の玄関に飾らせて頂いております」

日本人より美しい日本語を話すところは以前と変わりない。マノンは口角を上げかけて、反動の様に声音を暗く落ち込ませた。

「夫の為に申し訳ありません」

「保積さんが心配なのは僕も同じですから」

蛇石が段ボール箱をタブレットの前に運んで来る。匡士がビニールの手袋を差し出したが、使い慣れた物の方が失敗がない。

マーケットで品定めの時に使う予定だったのが役に立った。陽人は革製のボディバッグから白い手袋を取り出して、マノンに会釈をした。

「開封させて頂きます」

「よろしくお願い致します」

マノンが丁重にお辞儀を返す。蛇石がタブレットを持ち上げて、段ボール箱が上から見下ろせる高さに掲げる。匡士が伝票とガムテープを剝がしてくれたので、陽人は白手袋に粘着剤が付く心配をせず中身に触れる事が出来た。

話を聞いた時から違和感があった。

ディーラーがコレクションを搬入する時、大抵は自分で運ぶか、運送会社の美術便を利用する。百年前の食器や細工、絵画を運搬するには慎重になってなり過ぎる事はない。端が欠けただけでも価値は落ちる。事故が起きた時の損害額も桁違いだ。

大きな会社になれば警備付きの専用ドライバーを雇えるが、そうでないにしても一般的な宅配便で送る事は、陽人の知る限りまずしない。

「紙の手提げ袋ですね」

無地の紙袋が束で入れられている。

陽人はそれらを長机に置いて円筒形の紙包みを手に取った。ペットボトルよりは短いが、持った感触は硬質だ。しかし、さほど重くはない。

箱の中には似た包みが二十まで数えられた。

「開けてみて頂けますか？」

マノンが言う。陽人が包み紙の端を探して苦戦していると、匡士が横から引き受けて、彼にしては丁寧に取り払った。

中から現れたのは円筒形の缶。緑地に白い花と『KUSMI TEA』の文字が印刷されている。

匡士が思わずといった風に声を上げて別の包みを手に取る。

円筒形の缶を全て取り払うと、下に入っていたのは幾つかの紙袋で、パンダ柄の袋には有名なラーメン店の非売品の丼、茶の袋にはクレーンゲームでしか取れないぬいぐるみ、小さな袋に変わった色の万年筆、細長い袋に油絵柄の折り畳み傘、古めかしいショッパーにはヴィンテージのジーンズが梱包されていた。

「紅茶？」

奇妙な空気が彼らを沈黙に閉じ込めた。

「雨宮先生……」

まとわり付くスライムを押しのけるように、蛇石が震えた声で呼ぶ。

陽人は雰囲気の軽重に鈍いので、割合平然と答えた。

「どれもアンティークとは呼べませんね。百年以内に製造された雑貨と賞味期限内のお茶です。発送は十日前。旅先から直接、送ったのではないでしょうか」

「お友達の方々にお土産を買い集めていましたが、箱の中全部？」

マノンの推測は正しいだろう。

これにより新たな問題が浮上する。

「販売予定だったアンティークは何処へ消えたのでしょうか」

金紅石の針状結晶の様に空気が棘を帯びて、誰も言葉を発せなくなった。

＊

七福神の船には金銀財宝が積まれているという。

だが、黄金そのものに魅了された人はどれほどいるだろうか。多くの人は黄金と引き換えに手に入る通貨や物を欲して船を追い求めている。

この車は違う。後部座席を取り払った荷台には価値ある物それ自体が積み込まれて、他の何と交換する必要もない。

新たな宝を手に入れる算段が付いた時、年甲斐(としがい)もなく胸が躍り、その時を待ちきれなくなった。腕時計の秒針が回転して、狂おしいほど望んだ未来を引き寄せる。

速く回れ。速く、もっと速く。

今でも、何処で間違えたのか分からない。

愛情を抱いた事が誤りだったと思いたくて目を瞑(つぶ)った。

3

蛇石がタブレットに向かって懸命に話しかけている。

「長野(そちら)の警察も苦渋の待ちだと思いますので、どうか悲観なさらず」

彼の長い前髪が作る陰鬱な影は楽観にそぐわず、配役ミスかもしれないと思うのは、部外者の陽人の横槍でしかない。

匡士が口の動きだけで「お疲れ」と告げると、蛇石が画面外で合掌して応えた。

会議室を出て扉を閉める。廊下には警察官と市民がそれぞれの目的の為に直進をして行き交い、誰も陽人達を気に留めない。

「無駄足を踏ませて悪かった」

匡士が腕捲りしたシャツの袖を直して、スーツのジャケットを羽織った。それから、陽人のボディバッグのジッパーを上げる。手袋を入れた時に閉め損ねたようだ。

「ありがとう。捜査はどうなるの？」

「成人と一日連絡が付かないくらいで警察は動けない。別宅に同行したのも家の近くの交番に勤務する善意の警察官だ。山に登った、海に入った、あとは自死の危険か事件性がない限り、捜索の優先度が低いと捉えられる」

「事件性かあ」

ないに越した事はない。保積がアンティーク・フェアより興味深い何かと遭遇して、夢中になって時間を忘れている方が平和である。

「パシフィコまで送る。まだやってるよな」

匡士が申し訳なさそうに運転席に乗り込んだので、陽人は助手席のドアを開けた。

見上げた白い建物に、四十八対の窓が均等に整列している。

「ディーラーとしての疑問なのだけど」

陽人は座席に身体を収めて、シートベルトを引っ張った。匡士がエンジンを掛けるとカーナビゲーションが起動する。

「翌日に横浜のフェアに参加する人が、長野の別宅で人と会おうとするかな」

「会わなかったんだろ」

「けど、会う約束はしていた」

中止の理由は分からないが、二日前まで実現の意思はあったのだ。

軽井沢で先んじて五人の同業者にコレクションを披露して、おそらく一部は売買も行われる予定だった。

買い手の付かなかったコレクションは翌日、横浜で開催されるアンティーク・フェアに搬入する。日数を要する美術便では不可能で、手ずからの搬入でも夜中の出発になるだろう。

招待された者も同様だ。長野在住の保積以上に無理な移動を強いられる。

そこが陽人の理解を妨げた。

「貴重なアンティークを餌に商売敵を五人呼び集めて、酔い潰してフェアに行かせない企てだったとか」

「実行されて、五人が行方不明だったら話は通るけど」

「集まりは中止で、五人は健在」

匡士が腕組みをする。ハンドルと座席に挟まれて窮屈そうだ。

陽人は顎に人差し指を当てて、緩んだ焦点でダッシュボードを甘く捉えた。

「保積さんは洒落好きな人で、特にジョークや言葉遊びを多用する。もし彼が招待にも洒落を利かせたとしたら」

顎から指を離して、カーナビゲーションの地図に腕を伸ばす。縮尺を広域にすると、西区の全体が画面に映し出された。

陽人は画面の一点にピンを刺して再び拡大した。

「軽井沢って、ここの事じゃないかな」

「あ……」

地図に並ぶ二つの地名は『北軽井沢』『南軽井沢』。

匡士の横顔に気恥ずかしさが滲んだ。

「中学生の頃に流行ったな。ニューヨーク集合って格好付けて、ヨークシャーテリア飼ってる家の前で待ち合わせするやつ」

「割と迷惑だね」

「言わないでくれ」

匡士は大きな手で自身の頬を軽く叩くと、気を取り直したように画面を見た。

「家族もジョークに翻弄されてた可能性はあるな。日本人でも惑わされる」

「訊いてみようか」

「おい」

刑事は捜査を出来ないが、陽人は知り合いとの連絡を試みるだけだから誰に止められる謂れもない。スマートフォンで電話帳を開き、同業のグループを検索する。名刺を交換した相手はその日に登録しているから、保積の連絡先もある筈だ。

「陽人」

匡士に呼ばれて、陽人は唇の前に人差し指を立てた。コール音はもう鳴っている。

「はい、もしもし」

マノンの声が通話に応じた。

「雨宮です」

「どうも先程は、ありがとうございました」

「お尋ねしたい事があってお電話差し上げました。保積さんは神奈川にも物件をお持ちではありませんか？」

唐突な質問に聞こえただろうか。マノンが躊躇う間を置いて、探るように尋ね返す。

「それが何か」

「神奈川にも軽井沢という地名があるのです」

陽人の言葉は、長年連れ添ったマノンにとって説明不要の提言となったようだ。

「少々お待ち下さい」

彼女は電話機を持ったまま、足音を立てて移動する。抽斗を開け、中身を掻き出し、ノートの様なものを見付けてページを捲る音が聞こえた。

「ございます。南軽井沢という住所に一軒家を所有しております」

匡士が耳聡く会話を聞き取って目を見開く。陽人はスピーカーに切り替えた。

「コレクションの運搬は御自身で？」

「はい。夫が自分でバンを運転して家を出ました」

南軽井沢の別宅で駐車場を確認するだけでも、保積の足取りを更新出来そうだ。

「マノンさん」

「雨宮さん」

同時に呼びかけた声は、マノンの方が強さで上回って陽人を圧し切った。

「はい」

「警察の方は現時点では緊急性のある特異行方不明者に該当しないと仰いました。こんなお願いは心苦しいのですが、南軽井沢の家を見て来て頂けないでしょうか？」

必死の訴えかけに心を動かすまでもない。

「僕もそう提案するつもりでした」

「ありがとうございます」

「警察にも付いて来てもらうので諸々御心配なく」

「しかし、警察は……」

マノンが言い淀む。匡士が疑いの眼差しで自身を指差す。

「どうやって貸しを返してもらおうか、ちょうど考えていたところです」

陽人はスマートフォンから視線を上げて、朗らかに微笑んだ。

＊

脈打つ疼痛が鋭さを増した。

朦朧とする意識を痛みが上回ったのか、意識にかかった靄が晴れて痛みを正しく認識出来たのか、おそらく後者だと考えられる程度には思考の主導権が戻ったようだ。

頑なだった瞼も痙攣しながら動く。視界は利かない。鼻先を布の感触と匂いが掠めて、頭に何かを覆い被せられているのだという想像に至った。

声は、出る。

「うぁ……」

本当に自分の声かと疑いたくなる、嗄れて弱々しい呻きだ。

誰か。

「うぁ……」

聞いて。

「う……え」

誰でも良い。気付いて、声を返して、手を摑んで、もう大丈夫だと言ってくれ。

頬に熱い雫が伝う。

肉の腐った匂いが鼻を突く。剝き出しの首元に小蝿が集る。

「お……うぉ……」

息の様だった声に喉の震えが乗る感覚がした。

誰か。

近くで車が止まる音が聞こえた。

4

木漏れ日の下、三連鳥居の朱色が鮮やかな残像を網膜に映した。

なだらかに傾斜した細い道は右へ左へ鈍角に折れて、進む内に方向を見失いそうだ。坂道の途中で階段に変わる路地を見て、陽人は帰路を覚える努力を放棄した。斜面に建てられたマンションのベランダは階段状で日当たりが良い。石垣の様な土台は先に行くに連れて高さを失い、最後は鋭角な三角形で道と地面を揃える。

道は更に坂を上って、モダンな一軒家に行き着いた。

「ここ？」

「住所は合ってる」

匡士が車を降りる。陽人も続いて外に出た。路上駐車にはなるが、道路が家の前で終わっているので通行を妨げはしない。

「こういうケーキあるよな」

「オペラ」

「名前は覚えてないけど美味かった覚えがある」

匡士の記憶は当てにならないが、保積の別宅は確かにチョコレートケーキを思い出させた。

全体のフォルムは立方体で、黒っぽい外壁に所々、木材があしらわれている。玄関の周りが若干落ち窪んでおり、壁に同色のポストが埋め込まれていた。

「駐車場に車はなし」

「ポストは空だ」

マノンの話では、保積はいつもフランスの物件は人に貸したり業者に管理を任せたりしているが、日本の別宅は鍵を預ける事も持ち歩く事もせず、郵便物にカムフラージュしてポストに入れておくのだという。それがない。

陽人は玄関の扉のバーに手を掛けた。

小気味好い手応えがして、扉が抵抗なく開かれた。

「本木先輩、鍵が」

「……俺が先に入る」

匡士が二の腕を摑んで陽人を退がらせる。彼は身体で扉を押さえると、摺り足で屋内に踏み入った。

家の中とは思えない開放感が陽人の視界を明るくした。

エントランスは三階まで吹き抜けで、まさにケーキのオペラの様に各階の断面が層になっている。通りが良いのは頭上に留まらず、エントランスから直進する廊下は建物の真ん中を刳り貫いた中庭に連結して、砂利を敷き詰めた地面と上品な植物の緑越しに宙に浮いた部屋が見えた。

この家も斜面に建っていて、奥側は一階がないのだろう。

中庭を囲む回廊が動線を繋ぐ構造は日本家屋の造りにも似ている。迂回して左側には上り階段が、右側にはカフェの様なテーブルと椅子があった。

「保積祥吉さん、いますか？」

匡士が声を張ると、吹き抜けと回廊に低く反響する。

返答はない。物音もしない。

「風呂トイレを見てくる。陽人は、何かあったら大声で呼べ」

保積が倒れている可能性を第一に考えたらしい。匡士が辺りを見回して、階段側の小さな扉を片端から開けていく。

陽人は足元を見た。

エントランスから回廊まで床は正方形に切り出した黒い大理石で覆われて、靴を脱ぐスペースはない。転じて上方を見上げると、階段を上り切った所に扉がある。

一階を共用スペースにして二階以上に住居を構える形式は、マンションなどではよく見るスタイルだ。もし階段の上に三和土があれば、靴の数で状況が把握出来る。

手摺のない灰色の階段を、陽人はゆっくり上り始めた。

右手に望む中庭が眼下に遠ざかり、空を飛んでいるような感覚がする。最上段で出迎える扉はシングルドアで、外観でアクセントに使われていたのと同色の木製だ。室内にありながら玄関扉に使用しても遜色ない重厚さを持つ。

陽人は上着の袖に腕を引っ込めて、素手で触れないように扉を押し開けた。

三和土はなかった。床は階段の終わりからフラットに繋がっており、床材だけが異なる。ここからは白い大理石だ。花柄のサボネリー絨毯があまりに美しく、土足が躊躇われて壁際を歩いてしまう。

扉を開けて右手がガラス張りになっており、足元に中庭を見下ろせる。下から見た宙に浮いた部屋だ。中庭側を短辺とする縦長の部屋で、反対側には正方形の小さな窓が九つ埋め込まれている。

扉と対角の位置の壁が僅かに窪んで、ゴッホの絵が飾られていた。日本で言うところの床の間に当たるのだろう。スタイリッシュな床柱が床から天井を貫いている。

部屋の中央にはマホガニー製の長テーブルが鎮座して、六人分のテーブルセッティングが整えられていた。

九つの窓の前に一脚、中庭側に一脚、左右の長辺に二脚ずつ椅子が置かれている。赤地に植物の刺繍を施した布張りで、背が丸く、脚先にかけて曲線を描く、フランス製のダイニングチェアだ。

それぞれの席の前に赤い花柄の平皿とナイフにフォーク、スープスプーン、ワイングラスが並べられて、客人の到着を待ち侘びているかのようだ。

一昨日、この別宅に到着した時、保積はまだ皆を招待するつもりでいたらしい。到着してから何らかの理由、若しくは問題が発生して中止を決めた。

スキニーパンツの後ろポケットでスマートフォンが振動する。マノンからの着信だ。陽人は通話ボタンをタップしながら耳に当てた。

「もしもし」

「マノンです。別宅には着きましたか？」

「到着して中に入りました」

「祥は……夫は」

「家の中を捜しているのですが」

陽人は中庭側へ移動して、ガラス越しに一階を歩き回る匡士を見遣った。彼は陽人に気が付くと、両腕をバツの形に交差させて首を振る。

「車は見当たらず、保積さんもいません。ただ、鍵は開いていたので、こちらに来た可能性は高いと思います」

「夫は戸締まりを怠る人ではありません」

「僕も変だと思っています」

保積が自分の意思で外出したと考えるのが順当だが、鍵を開けての留守は不用心過ぎる。食堂には堂々とゴッホの絵が飾られており、食器や家具も年代ものだ。

陽人が考え込んで黙ると、マノンの呼吸が不規則に乱れ始めて、気管が絞まるようなノイズの合間にフランス語の独白が混じった。

「マノンさん、大丈夫ですか？」

「胸が潰れそうです。夫は今何処でどうしているのでしょう。苦しんではいないかと考えると心配で、悲しくて、頭がどうかなってしまいます」

マノンの吐息が時折止まって噎せるように吐き出す。

叶う事なら力になりたいが、何も出来ない。何も思い付かない。

陽人には。

「マノンさん。調べてもらいたい事があります」

穏やかな口調で切り出した陽人に、マノンが小さくしゃくり上げるのが聞こえた。

「何でしょう？」

「昨日、こちらの別宅に招待された五人を知りたいのです」

「夫のパソコンで確認出来ると思います。十五分ほど頂けますか？」

「ゆっくりで問題ありません。分かったらリストにして送って下さい。手書きで写真を撮る方法でも構いません」

「日本語を書くのは不得手ですが、やってみます」

マノンが力強く約束して通話を切る。不安な時は、意味がなくとも手を動かしている事で気が紛れるものだ。

時間は確保した。

陽人は通話を終わらせたスマートフォンで電話帳を開き、別の番号を呼び出した。

コール音が四回半鳴った。

「兄さん。何？」

夜の静寂の様に冷えた声が応えた。

「海星、おはよう。今話して大丈夫？」

「起きてたよ」

「熱は測った？」

「平熱……よりは高いけど、誤差だよ。何処も辛くない」

嘘を吐けない弟の素直さが愛おしくて、陽人の頬に笑みが零れる。

「知り合いがとても困っているんだ。僕には八方塞がりでね、海星の意見を聞かせてもらえないかな」

「話して」

唇を結び、耳を欹てる海星の顔が思い浮かぶ。

陽人は保積が行方不明である事、昨日に予定があった事、急に中止になった事、美術品を積んだ車が消えている事、無人の別宅についても事細かに説明した。

海星はお終いまで聞いて、呟くような独り言を落とした。

「足りない」

「何が要る？」

「まず、家の中を見たい」

「オーケイ」

陽人はビデオ通話機能をオンにして、カメラを中庭に向けた。

「順に歩いて行くね」

人間の目より遅くを心がけてゆっくり視界をずらす。

中庭から時計回りに、入り口の扉、長テーブルと椅子と食器、九つの窓とゴッホの絵、のっぺりした壁をスライドして中庭に戻る。

「変だな」

途中、海星の囁くような声が聞こえた。

「兄さん。保積さんの奥さんはフランスの人だと言ったね」

「マノンさんだね。パリで修業中に知り合ったそうだよ」

「保積さんはパリによく行く？」

「半年はあちらに住んでいるみたい。フランスにも自宅と別宅があるんだって」

羨ましい話だ。陽人など未だに国内のホテルですら緊張する。気軽に海外を飛び回れたら、もっと多くのアンティークに出会う機会が得られるのだろう。今はそちらの方面は両親に任せきりである。

「テーブルの足元を調べて欲しい」

海星に言われて、陽人は絨毯に膝(ひざ)を突いた。

サボネリー絨毯は十七世紀にトルコ絨毯をモデルに生み出された、フランスの手織り絨毯だ。花をモチーフにすることが多く、フランス革命の前後で品質に違いが見られる。近代では類似したスタイルが諸外国で生産されるに留(とど)まっていた。

指先で触れてみると、十七世紀オリジナルのサボネリー絨毯ではないと分かって、肩に凝り固まった緊張が解(ほぐ)れる。

「落とし物はないかな。あ、ここに窪(くぼ)みがあるね。こっちにも」

陽人は丸い窪みを指で撫(な)でてカメラに映した。ちょうど椅子の脚幅と同じくらいの間隔で、椅子の間にスタンプを押したように点々と見付けられる。

海星の方からペンを紙に走らせる音がした。

「招待される予定だった五人は分かる？」

「あー、分かるかも」

マノンの不安を和らげる為の虚無の作業だったが、何の役に立つのだろうか。

陽人がスマートフォンの画面を見ると、二分前に画像付きのショートメッセージを受信していた。日本語とアルファベットが混在したリストが添付されている。

「武丸紬（たけまるつむぎ）、オリバー・エヴァンズ、花山一沙（はなやまいっさ）、モーヴ・ウィルソン、蓮城有志（れんじょうゆうし）」

武丸は国内で旧家からの信頼厚いディーラーだ。一般家庭から直接、買い取る方法を主体にしており、安価で仕入れた品を売却して生計を立てている。

エヴァンズは英国を拠点とする旗師で、業者相手に販売を行うのは武丸と同じだが、買い入れは個人からに限らない。仕入れた端から売却する身軽さで、新人には見る目を養うまで関わるなと言われる人だ。

花山と聞いて、彼の名を知らない業界人は少ない。本人は解体された財閥の末裔（まつえい）で、私財を売却した際にアンティークの世界に魅入られてこの道に入り、生家の人脈と持ち前の明るい性格から、国王とも取引が出来るディーラーと囁かれている。

アンティーク・フェアでも会ったウィルソンは、絵画や彫刻など美術品に関して知見を持つディーラーで、個人のみならず美術館でも歓迎されると聞く。

同じく蓮城はメタルウェアをメインに扱うディーラーで、会社員から転身して数年目らしく、ディーラーが集まる場所には積極的に顔を出しているようだ。

「日本以外の国籍の人はいる？」

「国籍は定かではないけれど、ウィルソンさん、エヴァンズさん、花山さんの三人の住所が英国で、武丸さんは岐阜、蓮城さんは愛知在住と書いてある」

「英国……それで一ー一か」

海星が陽人に見えない視野で得心する。

それが嬉しくて、陽人はカメラの裏側で顔を綻ばせた。

スポーツの世界では俯瞰で盤面を把握出来る者が抜きん出るが、海星は物事を三百六十度の全方位から見る才に秀でている。カメオの正面だけを見ても真贋を判断出来ないように、多面的な視点はどの分野でも重要視されるが、海星の秀逸さは見えていない面まで論理的に再構築出来るところにあった。

サイコロの二面を見れば、残り四面も分かるのと同じだと海星本人は言う。

陽人には真似出来ない。だから、嬉しい。

「兄さんは？」

喜びに浸り過ぎて話を聞き逃してしまった。海星の口調から察するに、三回は質問をくり返させただろう。陽人はインカメラに切り替えて海星と顔を合わせた。

「僕が、何かな」

「気付いた事はない？　空気とか、匂いとか、違和感とか」

海星の黒髪には寝癖が付いていて、服装はパジャマ代わりのTシャツだ。やはり寝ていたのではないかと破顔しそうになって、陽人は質問に集中し直した。

「僕はアンティーク以外、興味が湧かないからなあ」

好きこそものの上手なれの逆パターンだ。興味がないから春物と秋服の違いすら見分けられない。

海星が真剣な目で陽人を見つめる。

　陽人は部屋を見回して、カメラをテーブルに向けた。まずゴッホの前の皿を映す。

「この平皿は気になるかな。二枚の窯元はドイツのフランケンタールだけど、残りの四枚はフランスのオルレアン王立磁器工房のお皿だ。どちらもセーヴル磁器に着想を得ているから雰囲気が似ているね」

「素朴な火霊と清楚な水霊」

「フランケンタールのざらついたクリーム色も、オルレアンの透明感ある白もいいよね。ケーキを載せるならオルレアン、和菓子や焼き菓子ならフランケンタールの色合いが馴染むと思う」

　陽人はうんうんと頷いて、階段を駆け上がってくる気配に首を竦めた。

「こういう細かい事を言うと周りに面倒くさがられて友達が減るって、本木先輩には注意されるのだけど」

　階段を上る足音。言った傍からの御本人登場だ。

「陽人。一階には誰もいなかった」

　扉を開けるなり、匡士が疲れた声で言う。

「それから、階段と壁の隙間に鍵が落ちていて、玄関のドアと一致した」

「鍵を掛けるのは不可能だったようだね」

　陽人が匡士と海星に話したのが分かったのだろう。匡士はスマートフォンに気付いて、鍵を持った手を軽く握り直した。

「海星も一緒だったのか。飯は食ったか？」

「その情報、今要る？」

匡士が画面に語りかけると、海星が白けた顔で答えを放棄する。が、二人の背後に映るテーブルと匡士の指に下がるキーチェーンを捉える瞳(ひとみ)には光があった。

「もくもくさん」

「おう」

「兄さんに暴言を吐いた事、後悔させてあげるよ」

「いつの話だ」

眉(まゆ)を顰(ひそ)めて困惑する匡士を、海星が涼やかな笑みで一蹴(いっしゅう)した。

＊

父は酒が入ると毎度決まって言った。

金の近くで働くと心が荒(すさ)む。

幼心に奇妙(おか)しな事を言う人だと思っていた。心が荒むのは金に縁遠い方ではないか。

だが、今にして考えると父は正しかった。

大金の傍にいると、人間は金銭感覚を狂わされる。それがどう逆立ちしても手に入らないとなったら、心が壊れていく。大した額ではないという狂った感覚で、懐に入れる愚を自制する心はもうない。

宝の近くにいたからだ。

望まれる物を望む者の手に。ディーラーの基本を忘れてこの手を放したくないと願ってしまった時、愛情は執着に変わり、拒絶は憎悪を帯びた。

地下駐車場に車を停めて運転席を降りる。靴底がコンクリートを蹴る音が響いて、終幕のファンファーレに聞こえる。

終わりたくない。終わらせなければならない。

「車ごと……そうだ、それしかない」

心の中の自身と会話をして、白いバンの後部ドアに手を掛けた。

スマートフォンが光る。

死人からのメールを着信した。

5

玄関のエントランスは三階まで吹き抜けで、各階が地層の様になっている。床の層と壁の層に加えて、二階の廊下と屋根裏部屋の壁面が空いている為、光の加減で複雑な色合いに見えるからだ。

一階から見上げると劇場のテラス席の様でもある。

玄関の扉を開けて舞台に上がった人が、及び腰で周りを見回す。

「保積さん。来ましたよ」

辿々しく呼びかける。

「突然、集まりを中止にしたと思ったら、フェア当日に『集合』などと一方的なタイトルで呼び付けるなんて。他の四人はもう到着しているんですか？」

どんな顔をして話せば良いのだろう。

陽人は屋根裏部屋の手摺の陰に身を潜めて、天井に向かって語りかけた。声がエントランスの壁から壁へと反射した。

「集まりを中止にさせた御本人が何を仰います」

「私の所為ですって？　保積さんは私を嫌っていたのですか」

怪訝そうに尋ね返してくる。

白を切るつもりならば、真実を明らかにして認めさせなければ話が進まない。猶予はあるだろうか。陽人は海星が語った端的な推理をなぞった。

「集まりの日、約束より前に、保積さんはここで人に会いました。理由は分かりません。しかしながら、二人で話さなければならない事情があったのでしょう」

「随分とあやふやですね。会った事すら断言出来ないのでは？」

「うーん、出来るみたいです」

陽人が答えると、歩を引いた靴の踵が大理石に当たって場違いな音を立てた。

「この家の食堂には縦長のテーブルがあります。サボネリー風の絨毯の窪みから、普段はフランス式に椅子を並べて使っているのが分かりました」

「椅子の並び？」

「六人の場合、フランス式では左右に三人ずつ、向かい合わせに座ります。絨毯の窪みは片側に三脚並べた時に当たる位置にありました」

高頻度で使用したというよりは、椅子自体の重みで沈んだ痕だ。

「現在は短い辺に一席ずつ、左右の長辺に二席ずつ置かれています。これは日本と英国で使われる配置です。招待客に合わせたのでしょう。お皿やカトラリーなども六人分セッティングしてありました」

「予め準備しておいて、使わなかった証拠に聞こえます」

「お皿は使われていました。二枚だけ」

身動ぎする気配がする。陽人は首を伸ばしてエントランスを確認しようとしたが、当て推量だろう各階層を見回しているのが分かって、見られる前に身を潜めた。

「六枚の平皿はそれぞれ異なる絵柄で見目も華やかですが、複数の窯元が混在していました。四枚はフランスのオルレアン、二枚はドイツのフランケンタールです」

沈黙が深くなる。陽人は続けた。

「昨日、保積さんと特別な招待客が二人で食事をした時、事件が起きました。招待客は痕跡を隠すべく、食器も残った食事もまとめて持ち去りました」

時間がなく手っ取り早い方法を取ったと海星は推測した。陽人は、洗おうとして割ってしまった線もあると思う。人が消えているのだ。手が震えるような恐ろしい事態が起きたのは間違いない。

「当日、この場所には二人いた。しかし、それだけです。一緒にいたのは世界中のどの友人か特定しようがないです」

「テーブルセッティングから、保積さんは五人を招待する予定でいた事が分かります。また、招待予定の五人に中止の連絡が送られたのを最後に、彼のスマートフォンは不通になりました。中止になった理由が本人の不在、メールを送ったのが犯人だとすると、その人物は数時間後の来客予定もメンバーも把握していた事になります。同業者に談合と揶揄(やゆ)される内密な会合を、当事者以外が知っているとは考え難(にく)い」

陽人は自分の言葉が海星の話から乖離(かいり)しないよう、丁寧に推理を紡いだ。手織りの絨毯の様に、一本一本、糸を通していく。

「武丸さんは初出(うぶだ)し屋です。家具から小物まであらゆる物を鑑定します。食器は一般家庭からの買い取りで最も数が多いですから、武丸さんが偽装するなら六枚全てをフランケンタールに変えたでしょう。エヴァンズさんも同様です」

残りは三人。

「花山さんは貴族とも頻繁に食事をする人です。会食の席でフランケンタールとオルレアンを見間違えては信用に関わります」

残るは二人。

モーヴ・ウィルソン。

蓮城有志。

エントランスの人影が後退りして上方を見上げたのが分かる。陽人は床に手を突いた。

「取り替えられた二枚の平皿は、ゴッホの絵の前とその向かいの席です」

膝を伸ばす。服の皺を払う。

「英国式では奥側の短辺の席に招待主が、遥か隔てて正面に一人目の客人が座ります。ですから、今回の位置には当てはまらない。日本式では床の間の前が上座になり、正面に招待主が座ります」

「あっ」

招待客がこちらを見上げて驚愕を顕にする。

陽人は寂しい気持ちで視線を返した。

「会談を行った相手は、蓮城有志」

事実を述べる言葉には責任の所在を明らかにする署名が要る。

「雨宮骨董店の名に於いて、これを真実と鑑定致します」

とても短い時間だった。

蓮城は階段の方に行きかけて、踵を返して玄関扉に飛び付こうとする。その姿を見て一階に待機していた匡士が駆け出したが、捕まえるまでもなかった。

落ち葉が舞い散るように、蓮城はその場に頽れた。

6

大型マーケットの地下駐車場に救急車とパトカーが雪崩れ込んだ。

郊外の閑静な立地であった為、協奏するサイレンは一帯を騒然とさせた。

「保積さん。保積祥吉さん。聞こえますか？」

「うぁ……」

「担架に移します。一、二、三」

白いバンから発見された保積は、手足を結束バンドで拘束されて、頭に黄金布を袋状にかぶせられていた。

車内には美術品とゴミ袋が一緒くたに放り込まれており、腐臭が籠って小蠅が集り、妙に蒸し暑い。刑事が顔を顰めてドアと窓を開放する。

実況見分が行われるらしい。蛇石ともう一人の刑事が蓮城を拘束する隣で、陽人は美術品保護の為に匡士と共に留め置かれた。

蓮城が首を捻ると、蛇石が機敏に反応して腕を引く。しかし、蓮城は表情を変えず、ぼそぼそと陽人に語りかけた。

「暴力を振るう気はなかったんです。言い訳に聞こえるでしょうが、報道や何かで歪んで伝わる前に君だけには話しておきたい。帰ろうとしたら引き止められて、腕を振り払うと保積さんは紙みたいに頼りなく倒れて頭を打ち、動かなくなりました」

「傷害と誘拐と窃盗の容疑者がどの口で……」

蛇石が呆れて仰け反ると、陽人の場所から蓮城の顔がよく見えた。

「床の間のゴッホが盗まれていない時点で、金目当てでない事は分かっていました」

「私語は困ります」

答えた陽人を、蛇石が間に入って止めようとする。だが、匡士が蛇石の肩を叩いて宥め、目溢しをくれた。

「私は絵に興味がありません」

「美術品と保積さんと生ゴミをまとめていたところを見ると、特定の物が目的でもないですよね。この車はどうするつもりだったのですか？」

「海に沈めるか、山奥に放置するか、車ごと何もかも消し去りたかった」

保積が所有する美術品が欲しかった訳ではない。

引き止めたのは保積だった。

皆が集まる前に呼ばれた蓮城。

彼はアンティーク・フェアで会った時、カタログを用意したと言った。

「コレクションの譲渡を求めたのは保積さんの方？」

陽人の思い付きがまだ固まりきらない内にふわふわと言葉を象る。

蓮城は半開きにした口から声を発せずにいたが、前歯を嚙み合わせたかと思うと、乾いた頰を強張らせた。

「そうです」

彼の左目から涙が溢れる。

匡士が手を下ろしても、蛇石はもう遮らなかった。

「私だけに大事な商談があると招待を受けて、私は二時間早くカタログを持参しました。でも、あの人は私の個人的なコレクションを譲って欲しいと言いました。私が一目惚れをして初めて購入したアンティークで、この世界に足を踏み入れる決心をさせた、シルバーの嗅ぎ煙草入れです」

「メタルウェアの専門家になるほどの……」

「はい。十八世紀の技巧を凝らした傑作でした」

誰にでも運命の出会いはある。人生に於ける歳月は単なる数字ではなく、物には熟練の鑑定眼でも推し量る事の出来ない価値が付随する。

それでも、価格には万人に共通する数値しか反映されない。

「二百万円もしない、あの人にとっては安物です。この後に会う花山さんとの取引の手土産にしたいと言われて、自分の人生を変えた宝物をおまけ扱いされた事も面白くありませんでした」

ディーラーに人脈と信用が求められるのは、数値で見えない背景を汲み取れるのは人間しかいないからだ。売り主の事情を慮って価格を上乗せする事もあれば、次の取引を円滑に進める為に目先の損失を已むなしとする事もある。そうして築いた信頼は、彼らに確かな情報と恩恵を齎した。

だが、相手は人間だ。時に騙され、時に裏切られ、無情にすれ違って、与えた分に等しい誠意が必ずしも返される訳ではない。

「食事の途中で席を立った私を、あの人は理解不能とでも言いたげに引き止めました。遂には、アイディアを盗んで花山さんに媚を売る気かと私を責めたのです。腕を摑まれたのも不快で、振り払う力が強くなったのだと思います」

「どちらも冷静さを欠いた。不運と言っては酷かな」

「止める奴がいれば……」

陽人の独白に、匡士が呟きを返す。無意味な仮の話だ。

蓮城が腕を上げようとして拘束に阻まれる。覆えなかった顔が苦々しく歪む。

「あの人は大理石の床に頭を打って動かなくなりました。それからは意識がぐちゃぐちゃになって、とにかく全てを隠す事しか考えられませんでした。何もかもバンに放り込んで、代わりの皿を置いて逃げました」

「鍵は担いで運んだ時に、階段を下りる振動でポケットから落ちたのですね」

「仮令、鍵をかけられて発見が遅れていても……いいや、違うな」

蓮城が疲れ果てた溜息を吐き出す。

「私も旗師になれば良かった。愛は注いでも愛着を持ってはいけない。執着は人を狂わせるんです。時間が経てば経つほどに」

悔いる声音は、生まれて間もなく生命の灯火(ともしび)が消えかける、雛(ひな)の悲鳴の様だった。

7

満月の輪郭が夜空に溶ける。

カメラを向けてシャッターを切ると、スマートフォンの画面には現実とは似ても似つかない白くぼやけた光球がビー玉より小さく映った。

「丸一日、付き合わせて悪かったな」

匡士が左肩を根元から回して背を反らすように伸びをした。姿勢の悪さで目減りしていた長身が、散歩中の青年と飼い犬を半歩避(よ)けさせた。

「すみません。お気を付けて」

匡士が背中を丸めて、青年と飼い犬に謝る。陽人が微笑ましく眺めながらも歩は弛(ゆる)めず先に行くと、匡士が小走りに追い付いてきた。

「最悪の事態は回避出来たから、どうという事はないよ」

「海星にも。シウマイ弁当は好きだったよな」

掲げられた袋は定番の弁当が三つと甘栗、和梨でずっしりと重そうだ。

「後悔した？」

「それな、何の話かさっぱりなんだが」

「ふふ。海星はすごいんだ」

智慧者というのは彼の様な人間を指すのだろう。陽人が海星に何かを尋ねて、的確な答えが返ってこなかった例しがない。

歴史に聞くモーツァルト、ダ・ヴィンチ、ミケランジェロ。天賦の才に恵まれて、自身の歓びが周囲に光を齎す。陽人にとっては偉人に等しい自慢の弟だ。

「気になっていたんだが、海星が一目で本物のカメオを見抜いた事があっただろ」

「ちゃんと本物だったでしょう？」

「それはいいんだ。俺は陽人の鑑定を信じてる」

「ありがとう」

目利きへの信頼はディーラーにとって最も名誉な褒め言葉である。喜んで見せた陽人を余所に、匡士の表情は晴れない。

「妖精に愛されてるってのは、神に愛された才みたいなものだと思って聞いてた。だが、そうすると海星の言う『強欲な厚化粧』の説明が付かない」

「驚いた。先輩、刑事みたいだね」

「往来で警察手帳を突き付けてやろうか」

匡士が弁当の袋を左手に持ち替えて、空けた右手を内ポケットに入れる。

陽人は笑い返したが、驚いたのは本心だった。両親でも彼ら兄弟の言動をこれほど真に受けた事はない。

匡士は手を戻して顎を摩った。

「鍍金を厚化粧、つまり海星はカメオの状態を妖精で比喩した。妖精に愛されているというのが、彼奴の頭抜けた観察眼を保証する言葉と考えると合点がいく」

「成程」

陽人が川下を見ると、後方から風が吹いて髪が前へ煽られる。

「刑事にも長年の勘と呼ばれる直感がある。状況と経験を照らし合わせて、考えるより早く解る。だが『理解』を理解するにも経験が必要だ」

匡士の言いたい事は陽人にも分かる。例えば、料理を食べて美味しくないと思うのは感覚で、不足している調味料を導き出すには経験を要するだろう。

「海星はまだ若い。圧倒的に経験が足りてないから、無意識に観察した情報を言語化しきれなくて、直感を虫の知らせの様に表現した。どうだ」

「妖精と虫が同一扱い」

「俺の解像度の低さはどうでもいいんだよ」

匡士が不貞腐れたように川の方を向く。陽人は寛容過ぎる匡士の感性に和んで、笑みを零した。

「まあ、そんなようなものかな」

「やっぱりそうか！」

匡士は喉の閊えが取れたみたいに眉を開いた。

「勘所のいい奴は重宝される。経験を積んだらと思うと将来が楽しみだな。海星が刑事になって三課に来たら、検挙率が跳ね上がりそうだ」

川のせせらぎが風を涼しくする。満月が川面に映っていたらさぞ美しかろう。陽人は立ち止まって柵越しに流れを見遣った。

川面には街の灯りが煌めいて、月光を見付けられない。

「弟が、何ですか？」

尋ねた陽人の喉が冷える。抑揚のない声を発した口は笑みの形を崩さず、両の目が微動だにせず相手を捉え続けている。血が脳を過剰に巡って思考がずれる。

匡士の真面目な顔。陽人を映す瞳が心配そうなのは誰の為だ。

「俺も海星の身体が弱い事は知ってる。本気で刑事を勧めようとは思ってないぞ」

「……ッ」

陽人は息を吐いて、その熱さに喉が灼けるような痛みを感じた。

帰路を行く歩を再開する。

『愛は注いでも愛着を持ってはいけない。執着は人を狂わせるんです。時間が経てば経つほどに』

雛の悲鳴が鼓膜にこびり付いている。

「陽人」

匡士が追い付く足音に追われて、陽人の心を覆う黒が内臓の裏側に逃げ込む。陽人の肺が硬直を解いて、表情筋のコントロールが戻った。

「くしゃみが出そうだったけど、引っ込んじゃった」

「あっ、お前また夏物着てきたな」

「袖は長いよ」

「これ巻いとけ」

匡士がボディバッグからくしゃくしゃのストールを引っ張り出して、陽人の首にぐるぐると巻き付ける。

「ありがと」

陽人がストールの中で呼吸をすると、自分の吐息が暖かくて鼻が赤らんだ。首を竦めて歩く匡士の歩幅は広く、気を抜くと置いていかれそうになる。

「妖精はいるよ」

「海星が言うから？」

「当然」

「知ってた」

月が天高く上る。夜風が髪を撫でる。

陽人は空の闇を仰ぎ、見えない星に目を凝らした。

幕間　ビスクドール

1

　未明から降り始めた秋雨は絶え間なく、海の底にいるようだ。

　地面に撥ねて靴と裾を濡らし、旋風に舞い上げられて顔を湿らせる。ビニール傘に頻りに打ち付ける雨音は、泡が弾けるように軽い。

　差しているのが水族館で買ったクラゲ模様の傘でなかったら、黒川は出勤するまでに百回は悪態を飲み込んで消化不良を起こしていただろう。

　朝は行列の出来るベーカリー周辺が、今日は雨の方が騒がしく感じられる。

　列に並ぶ人の話し声に加えて、画面映えするパンを店の前で開封して写真や動画を撮ったり、割ったパンからふんだんに使われた生クリームやフルーツが零れて道を汚したりするので、近隣住民から通報が入る事もあった。

（迷惑な客と言っても線引きが出来んのよ）

黒川は通勤に使う道だから、数日に一回は通行の邪魔になる客も見かけるが、大抵は警察手帳を翳して注意するほどではない。しかし、毎日続けば不満が蓄積して十人目には厳しく当たりたくなるから、通報者に同情心も湧く。

(今日は静かね)

悪天候にめげて客が少ないのだろうか。この豪雨では写真を撮る事も叶うまい。ベーカリーの人気商品は耳まで美味しい食パンとフルーツサンドイッチ。新商品のパイ生地に砂糖をまぶして焼くパルミエも評判だ。

黒川は腕時計を見た。朝の引き継ぎまで余裕がある。すぐに入れるのなら昼食に買って行く事も吝かではない。同僚は生クリームなど柄ではないと笑うだろうが、普通に食べて中身が零れるようなら店にも苦情の原因がある事になるから、職務意識による実験と言い張れる。

通勤の歩調を維持して店は見ないように。黒川は人気の店目当てにうきうきと訪れたのではなく、飽くまで通り道にあったから立ち寄るに過ぎないのだ。

熊とリースの絵が描かれたガラス扉の入り口が近付く。店内が妙に暗い。

「うっ」

黒川はドアノブに手を伸ばそうとして、貼り紙に気が付いた。

『臨時休業。技術向上のため、一流ベイカーの講義を受けて参ります。店員一同』

勉強熱心な事だ。道理で列がない訳である。

閉店と知った途端、通行人の視線が黒川を嘲笑っているように感じられる。黒川は店の方に顔を向けたまま、恰も建物に興味がある風を装って歩く事で通行人から目を逸らした。

そうでなかったら見落としていたかもしれない。

「ゴミ……じゃない」

ベーカリーの窓下の窪みに落ちている。

黒川は傘を肩と首に挟んで、空いた手でそれを拾い上げた。

四十センチほどの人形だ。

洋服が雨を吸っているからだろうか、ずっしりと重い。髪の間にも泥が入り込んで、丸い頬にはヒビが入り、円な瞳が憂いを帯びて涙を零した。

スカートの裾を折り返してみたが、持ち主の名前は書かれていない。

「はっ」

黒川は背中に視線を感じて立ち上がった。大人が道端にしゃがんで人形遊びをしていたら、今度こそ被害妄想でなく白眼を集めてしまう。

「落とし物は警察に届けないといけないな！」

黒川は聞こえよがしに言って、足早に横断歩道を渡った。

藤見署の拾得物保管所はエントランスホールの右角に窓口を構えている。

「黒川さんじゃないですか。おはようございまーす」

「おはよう、相沢さん」

小窓の奥で身を屈めて、会計課の警官が無邪気な笑顔を見せた。

成人男性にしては声が高く口調も表情も明るいので、所謂ノリが生活安全課に連行された未成年と変わらない。

黒川は人形を対応窓口に置き、シャツの袖で眼鏡の水滴を拭った。

「盗品転生ですね」

「拾得物を型落ちみたいに言うのはやめなさい」

「え、じゃあ、私物？」

相沢が窓口のガラス戸に頬を付けんばかりに身を乗り出してこちらを覗く。黒川は泥塗れの人形を彼の目線の高さに掲げてやった。

「どうせ君も、お人形遊びは私の柄ではないと言うのだろう」

「出勤スタイルとしてはパリコレ的な斬新さがあります」

「拾得物だ」

黒川が語調を強めると、視力検査をしていた人が身を竦める。拾得物保管所は角を挟んで交通課の窓口と隣り合っており、どちらも市民の出入りが多い場所だった。

「黒川さん、邪魔になるから中入って」

相沢と同時に、交通課の警官も市民の死角で手の甲を振って追い払う。

「すみません」

黒川は一言謝って、側面の扉から拾得物保管所に入室した。

スチールラックに段ボール箱が詰め込まれている。遺失物法による保管期限は三ヵ月だが、拾い主への譲渡や検索情報の都合で半年を超えたラベルも目に付いた。

「泥んこだ。タオルタオル」

「勝手に書くぞ」

机の抽斗から拾得物件預り書の用紙を引っ張り出して、ペンを取る。持ち主が提出するであろう遺失届出書と照らし合わせて確認を行う書類も必要だ。日時や場所を正確に記入しなければならない。

拾得場所にベーカリーの名を書き込んで、羞恥心が蘇る。

(余計な事を考えなければ良かった)

黒川が机のメモ用紙をボールペンで塗り潰し、拉げた感情を吐き出していると、相沢がはしゃぐように飛び跳ねてタオルを肩に掛けた。

「黒川さん、写真を撮るから人形持って下さい」

「何故、私が人形なんかと!」

拒絶した黒川を意に介する風もなく、相沢は彼女の懐に人形を滑り込ませた。

「黒川さんは入れないです。先月からおもちゃとか子供の持ち物は、子供本人が見て分かるように貼り紙を始めたんで。はい、チーズ」

相沢が話のついでのようにカメラを向けてシャッターを切る。彼はその写真を早速A4のコピー用紙に印刷すると、空白にマジックペンで『おとしもの。きみをまってるよ』と書き入れた。

「お預かりします。外にゴー」

「え、ちょっと」

相沢が黒川の手から人形を取り上げて机に置き、彼女の背に肩を当てて部屋から押し出す。彼は拾得物保管所の正面に回り込むと、窓口の下の壁に紙を貼り付けた。

見れば、ボールや絵本といった子供の忘れ物と思しき写真が並んでいる。

「今まで気付かなかった。子供の目線に合わせているのだな」

「目的地に視界まっしぐらなとこ、黒川さんらしいです」

「犯人逮捕に寄り道は必要ない」

「かっこいーい」

相沢が満面の笑みで褒め称えて手を叩く。無邪気過ぎて嫌味に聞こえないのだから怒る気にもなれない。

「よしなさい。恥ずかしい」

「あ、どうも～」

交通課の警官と手続きに並ぶ市民も、相沢にお辞儀されても困るだろう。黒川は相沢を扉の方に追い遣って、自身は階段に足を向けた。

「後は頼んだ。お疲れ」

「はーい、いってらっしゃい」

相沢が手の代わりに粘着テープを振る。タンバリンの様だった。

雨の日は在宅率が上がるから空き巣に入り難かったり、置き引きをするには人出が足りなかったりするのかもしれない。

事実は定かではないが、黒川の仕事量は格段に少なく終業時間を迎えた。

「お疲れ様です」

本木が早々と帰り支度を済ませて席を立つ。枝葉で手を抜くきらいのある部下なので、普段なら引き継ぎ不足がないか一声掛けるところだ。が、黒川も偶には気苦労を肩から下ろして、帰り道を楽しんでもバチは当たらないだろう。

「お先です」

夜勤の同僚達が二度見するのを黙殺して、黒川は進路を東に取った。

藤見署と自宅を結んだ直線上からは外れる為、退勤時に行くと決めなければ立ち寄れない場所に気に入りの店がある。

バール・サイドウェイズ。街中でよく見るサンドイッチ店に似た名だが、バーテンダーの話によると『横浜の横』説と『日頃の憂いは横に置いて楽しむ』説と『横になるほど酒と料理が美味しい店』説があるらしい。

青く塗られた木組みの店構えが、ビルの一階に収まっている。

扉窓に英字の店名とパイナップルの葉を合わせたロゴが白字であしらわれて、アレカヤシの鉢植えと共に南国の海を想わせる。宵の口の傘立ては疎らで、落ち着いて食事が出来そうだ。真鍮のドアノブは冷えて重く、一日の幕引きに相応しかった。

「いらっしゃいませ」

黒Tシャツのバーテンダーが逸早く気付いて無愛想に目礼する。

「お好きな席にどうぞ」

空のグラスを片付けていた店員に促されて、黒川はカウンター席の端を選んだ。厨房に程近く、店員がグラスを下げて戻ってくるのが見える。

膝丈のワンピースは緑と黄色のギンガムチェックで、店の黒いエプロンと色は合うが海の印象はない。彼女は黒いハーフブーツの足を交差させて、メニューの黒板をカウンターに立てかけた。

「凪さん、久しぶりィ」

グレーアッシュのウルフカットが揺れると、ローズピンクのインナーカラーが覗く。瞬きをすると反った睫毛が際立って人形の様だ。

「こんばんは、鹿乃さん。健勝そうで何より」

覚えた呼び名が苗字か名前か通称かも、黒川は知らない。この店でアルバイトをして長い彼女の方が、黒川の職業から好みの味付けまで熟知しているだろう。

鹿乃が黒板の角に手を置いた。

「白ワインのシトラスカクテルと、日本酒の青林檎フローズンカクテルが新作だよ」

「焼酎とカボスのサワー。それからこれとこれ」

黒川は飲み物を選んでから黒板を見て、腹に溜まりそうなパスタとスペアリブを指差した。

「パンチェッタのカルボナーラ、スペアリブのマルサラ煮、よろォ」

鹿乃が厨房に向かって注文を通し、人参とキュウリの酢漬けを盛った小皿を置く。皿の端を持つ親指に見事なグラデーションを見付けて、黒川は無言で凝視した。

鹿乃がにやりと笑って右手を広げてみせた。

「じゃーん」

「朝焼けみたいな色ですね」

「オレンジから紫の境目が見えない所がポイントね」

先の紫色部分に煌めく粉が散らしてあって、夜が忘れた星の様だ。

「どう？」

「綺麗だと思います」

「やったね。ありがと」

鹿乃が両手で指ハートを作って顔の傍に掲げる。黒川が今シャッターを切ったら、一万いいねが付く写真が撮れたに違いない。

「凪さんの職場はネイル禁止？」

「ああ」

言われて自分の指先を見る。血色の薄い爪に縦筋が入り、先にも根元にも白い部分はない。左手の小指は先週扉に挟んだ所為で、血の塊が閉じ込められている。

「私はこれでいい」

「そ」

「カボスサワーです」

鹿乃が簡単な相槌を打つのを見計らったかのように、バーテンダーがカウンターの上段にグラスを置いた。

「ごゆっくり」

「お客さんだ。またね、凪さん」

バーテンダーが次の酒に取りかかり、鹿乃がメニューの黒板を持って移動する。

料理を運んできたのは別の店員だった。

酒のお代わりはやめた。黒川が料理を食べ終わる頃に、ちょうどテーブルが満席になったからだ。

「ありがとうございましたァ。雨また降り出してるけど大丈夫？」

「傘がありますので。美味しかったです、ご馳走様」

黒川は会計を済ませて扉を押した。雨が吹き込む軒先に、傘を持たない客が駆け込んでくる。店内が俄かに混み始めたのは雨宿りの為だったようだ。

(気の毒に)

身体を震わせながら空席を確認する客に同情したのも束の間、黒川は不特定多数の彼らを呪う羽目となった。

傘がない。

傘立てを何度見直しても、端から一本ずつ柄を引き出してみても、黒川の傘が何処にも見付けられない。

黒川の脳天から血の気が引き、跳ね返るように胃の腑から熱が沸き上がる。

「三課刑事の私物を盗んで太陽を拝めると思うなよ」

悪態を吐いたところで犯人を追跡出来るはずもなく、黒川のいつも通りの一日に怨嗟を籠めたダッシュが追加された。

2

熱い湯船に浸かって疲れと雨冷えをリセットしたお陰で、体調面で引き摺る事は免れた。しかし、黒川の不機嫌は日頃一晩で解消された例しがない。根本原因が解決していないのだから持続もする。

ベーカリーを避けて出勤しても、昨日の事が薄汚い靄になって頭を取り巻いた。

「おはようございます」

「……ざす」

人の顔を見るなり、本木が引き潮の様に距離を取って顔を背ける。長身の彼だ。自然を装えば装うほど故意が目に付いて、黒川は柱の鏡越しに本木を睨み付けた。

「何かありました？」

本木が渋々観念するように巨体を裏返す。黒川は通勤鞄を自分の椅子に放り投げた。

「バーで傘を盗まれた」

「え、傘って昨日ですよね」

本木が窓から晴れた空を見遣る。些細な恨みを二日酔いの如く持ち越しているのかと言いたいのだろう。

「刑事が窃盗事件を軽視するとは見下げ果てた怠惰だな」

「いや、黒川さんの傘って、ビニール傘だったじゃないですか」

「あれは水族館でしか買えない特別な――」

終いまで言い切らず、黒川は顎を引いた。

言っても無駄だ。ビニール傘の良し悪しなど他人には見分けが付かないし、況して黒川には似合わないと笑われて終わりだろう。

警察官採用試験を通過した時には、外見や性別で可愛いだの綺麗だのと職務上無価値な評価に晒された。キャラクターの様に笑う事も、架空の理想的な振る舞いをなぞる事も苦しくて、求められる虚像に辟易した。

　部署を異動する度に愛らしい持ち物を捨て、コンタクトレンズを眼鏡に戻し、髪型と化粧をお座なりにして、服装を変え、使う語彙を改めた。三課に来て初めて捜査班長を任された時、黒川はバール・サイドウェイズで一人、祝杯を上げた。

　働きだけで評価してもらう為に苦労するなど、本木は想像した事もないだろう。でなければ、いい加減な態度でだらけた勤務が出来るはずがない。

「クズが」

「直球の暴言。パワハラですよ」

「独り言だ」

　高圧的な口調で本木を退けたが、流石に八つ当たりの自覚はある。黒川は会話を切り上げて、鞄のペットボトルを共用冷蔵庫に移そうとした。

「おはようございまーす」

　戸口で甲高い挨拶をしたのは会計課の相沢だ。

「黒川さん、いいですか？」

　手招きをされて、黒川は座ったばかりの椅子から立ち上がった。

「おはよう」

「あのね、預かった人形なんですけど、持ち主が来ちゃったんです」

「よかったな」

黒川は荒んだ心のささくれが消滅するのを感じた。雨の中、拾ってきた甲斐があったというものだ。

ところが、相沢は神妙な面持ちの隣に指を三本立てる。

「複数いるんです、自称持ち主」

「三人も？」

「どうして私が」

「はい。困ってしまって……黒川さんも来て下さい」

「拾った時の状況とか、何か手がかりがあるでしょ」

「しかし」

黒川には黒川の職務があり、持ち主に繋がるような情報も持ち合わせていない。黒川が後込みしていると、本木がすぐ後ろに立って面倒くさそうに背中を押した。

「そうやって愚図ってる時間で行けますよ」

「キキ。要らん首を突っ込むな」

しかも、言うに事欠いて愚図るとは。

「はいはい、行きますよ」

「やったー！　よろしくお願いします」

低テンションの本木と高テンションの相沢に急かされて、黒川はなし崩し的に刑事課から引き摺り出された。

一階エントランスホールに木製のベンチが並ぶ。病院や銀行の待合席と似た構造で、今日も手続きを待つ人々が疎らに座っている。

相沢は階段の終わりで柱に身を潜め、黒川と本木に目配せを送った。

視線が指し示すのは、拾得物保管所に最も近いベンチだ。教えられなければ、三人の家族連れに見えていただろう。

右に座るのは制服の男性。黒川は制服に詳しくないが、何処かの交通機関の運転手と思われる。前髪の寝癖を頻りに気にして手櫛を通している。

真ん中には小学校中学年の少年。膝に載せたランドセルを開けて見せてもらえば学校を特定出来るから、連絡をしなければならない。

左側はスポーツウェアを着た女性だ。フルフェイスのヘルメットの模様を隣の小学生に見せて、歓心を買っている。小学生も興味津々だ。

「話は？」

「聞きました。調書は保管所です」

相沢がベンチに背中を向けて歩き、忍者みたいに三人をやり過ごす。黒川が仕方なく付いて行くと、本木が当然のような顔で付いてきた。

＊

調書（1）タクシー運転手
「お客さんの忘れ物なんです。いざ発車しようとした時に気付いて、人形を摑んで慌てて追いかけました。でも、どっちへ行ったか当てもなく。歩き回っている間に横断歩道からの人波に揉まれて、うっかり手を放してしまっていました」

調書（2）小学三年生
「ぼくが巫山戯て妹をくすぐったら、周りの人にぶつかってママに怒られました。その時に人形を失くしました。その後もまだ妹と喧嘩したまんまで、人形を持って帰って謝りたい……」

調書（3）バイク便配達員
「亡くなった祖母にもらった大事な形見です。昨日、引っ越しをしたんですが、雨が降っていた所為で急いで軽トラックの荷台に積んだので、転がり落ちたみたいです。祖母と人形が一緒に写った写真を持って来れば証拠になりますか？」

＊

証言の要約を読み返して、黒川は何とも言い難い声を発した。

「決定打に欠ける」

三人共、あり得ると言えばあり得るし、疑わしいと思えば疑わしく思えてくる。

相沢が調書を受け取った後ろで、本木が別の遺失物を触ろうとしたので、黒川は眼鏡を光らせて威嚇した。察しは良いので助かる。

「現場近くで見かけた方はいました？」

「いや、一人も」

「ですよねー。甘くなかった」

相沢が顔を仰け反らせて嘆き、すぐさま頭を振り下ろした。

「どう思いますか？　黒川さん」

「小学生だけが、自分の人形だと明言していないな。妹が人形を失くして、代わりの人形を探しているとも受け取れる」

「クラスの落とし物ボックスじゃないんですから」

相沢が笑った理由を考えて、黒川は言葉の意味に思い至った。

「君は消しゴムを忘れた時に落とし物から拝借していたクチか？」

「ちゃんと授業が終わったら返しましたよ」

「自供、感謝する」

「しまったー！」

頭を抱える相沢に、本木がどちらかと言うと同情するような顔で尋ねた。

「俺も人形を見せてもらっていいですか？」

「どうぞどうぞ。これです」

相沢がスチールラックから小型の段ボール箱を下ろした。

蓋を開けると、人形が対角線に沿って斜めに寝かされている。水気は乾いたようだが、泥は染みになり、頬のひび割れが黒く目立ってしまっていた。

「持ち主が三人も名乗り出たって言うから変だなあと思ったんですけど」

本木がスカートの裾を捲り、足を爪の先で叩く。人形にしては硬い。彼は人形の後頭部を支えて赤子の様に抱え上げ、ぐるりと一周見て言った。

「これと似た磁器の人形を雨宮骨董店で見た覚えがあります」

聞いた瞬間、黒川の気管が嫌な音をさせる。

「おい、アンティークだとしたら」

「可愛いお人形さんって値段じゃないかもしれませんね」

本木が口の左端に苦笑いを挟んだ。

懐古趣味と称するのはナンセンスだと黒川も分かっている。

3

その上で言うが、黒川には理解不能の店だ。

蠟燭はなくとも電気があり、食器洗い器に掛けられない食器は不便で、重過ぎる家具は賃貸部屋に向かず、一人で着られない服はクローゼットの邪魔だ。

だが、雨宮骨董店が扱う商品は、一点で黒川が持つ家電を全て合わせても遠く及ばない価値が認められる。商品に値札が付いていない事にも寒気を覚えた。

「お電話どうも」

店に着くと、閉店の札を掲げた扉が雨宮陽人手ずから開けられた。

「悪いな、閉めさせて」

「君から電話をもらう前も、閉めて昼寝をしていたから」

雨宮の返答は気を利かせた冗談か本当か、黒川には判別がつかない。どうにも落ち着かない店である。

「失礼する」

黒川は率先して店内に入り、追いかけてくる雨宮に段ボール箱を手渡した。

「これの価値を端的に伺いたいのです」

「いいですよ」

雨宮は暢気に答えると、段ボール箱を持ってロの字形のコレクターケースの内側に入っていく。ガラスのケースには如何にも上等なアクセサリーや小物が展示されて、ケースに触れるのも躊躇われる。

彼女の緊張に構うでもなく、雨宮が箱から人形を取り出して作業机に横たわらせた。

「磁器人形のオリジナルは高値で取引されます。来歴を示す書類はありますか？」

家電の保証書の様なものだろうか。

「人形だけです。ないと鑑定出来ませんか？」

「来歴はアンティークがいつ何処で生まれ、誰の手を渡ってきたかを後世に伝える記録です。正確な鑑定には不可欠と言えます」

「鑑定価格に幅があっていい。ですよね、黒川さん？」

非完璧主義者の本木は妥協案を出すのが上手い。

「条件を添えてもらえると助かります」

黒川が了承すると、雨宮が優しい眼差しで微笑んだ。

「顔立ちからブリュ・ジュン社の磁器人形だと思われます。表情が凜としているのが特徴で、笑わない口元と通った鼻筋、こちらを覗き込むような瞳が無垢ながら大人びて見えると人気のドールメーカーです」

本木が上体を捻って店内に飾られた磁器人形を見る。彼には違いが分からなかったのだろう、ぱっとしない顔で視線を戻した。

「頭部かボディに製造の刻印があるはずですが、状態があまり良くないので、ドレスの着脱による破損を避けて状態保存を優先しますね。十九世紀オリジナル、リプロダクト、模造品でまず価格が分かれます」

　リプロダクトとは。黒川はスマートフォンで密かに検索した。オリジナルを精密に再現した復刻作品を示す。リプロダクトも模造品も再現度が問われるが、前者は意匠権の期限が切れている事が前提で、法的に正当な点で模造品と区別されるようだ。

　雨宮がメジャーを引っ張り出して人形に合わせる。

「身長が十六インチ、六号サイズです。服装はヘッドドレス付きの王道のドレススタイルで、オリジナルだとしても不思議はないクオリティです。何より――」

「気になる事でも？」

「いえ、後にしましょう」

　お預けを食って黒川は眉根を寄せた。知る者の気遣いは時に鼻に付く。本木に見透かされたような嘆息をされて、苛立ちの矛先が変更された。

「黙って聞け」

「聞いてますって」

　子供じみた不毛な攻防を聞き流して雨宮が続ける。

「人形ですから、持ち主が服を新調して着替えさせる事もあります。歴史資料を調べたり、格式あるオークションに出品する際には生地や糸の科学鑑定を行ったりして、服が作られた時代も個別に鑑定すると信頼性が上がりますね」

「シルバニアの服を手作りするようなものか」

本木が一人で納得する。

雨宮がルーペを取り出して、顔に斜めからペンライトを当てた。

「毛細罅(ヘアライン)があります。経年劣化で磁器に入るヒビですが、この頰から耳にかけて入ったヒビはおそらく衝撃で入った破損です。目立つ傷は価値を半減させます」

人形には気の毒だが、黒川は安堵(あんど)の方が強い。価値が下がるほど犯罪性も下がる。

「来歴が確かで、状態が良い同社の磁器人形でしたら、三百万円を超える事もあります。無許可の模造品でも磁器人形そのものが製造に技術と年数のかかるコレクターアイテムですから、二十万円前後の値が付けられるでしょう」

「ピンキリだな」

「この人形の場合、御覧の通り状態が良くない為、クリーニングを施しても七〇パーセント減額は免れません」

「そんなに?」

流石に不憫(ふびん)に思えて黒川が目を剝(む)くと、本木が低く唸(うな)った。

「黒川さん、感覚狂ってませんか? それでも六万から九十万ですよ」

「そ、そうだな。しかし転売目的だとすると実入りが少ないような……」

鑑定書のない人形で、破損も大きい、売って換金するには厄介な代物だ。

黒川の独白を覆うように、柱時計が鐘を十回打ち鳴らす。頭の芯がくらくら揺れる。

コレクターケースに紺の天鵞絨を敷いて、雨宮がお姫様を扱うように丁重に磁器人形を横たわらせた。

「ブリュ・ジュン社の磁器人形。雨宮骨董店の名に於いて、真作であれば実に稀少なアンティーク品と鑑定致します」

いっそ偽物の方が平和かもしれない。

「ところで、さっき保留した件なんですが」

鐘が鳴り終わるのを待っていたかのように、雨宮が声を滑り込ませた。

「この人形の服にはアクセサリーが付属しています。金と宝石が使われた、単体でも成立する精巧な造りです」

「人形に金と宝石だと？」

「ガラス玉にプラスチックで充分だろ」

図らずも本木と意見が一致してしまった。黒川が舌打ちの形に顔を歪めると、雨宮が和やかに微笑んだので、余計に表情筋が拉げる。

「当時にプラスチックがあったらそちらの方が高価だよ、本木先輩」

「あー、な」

「十九世紀は十八金が多いかな。フランスで作られたものなら鷲の横顔が刻印されるのだけれど、人形のアクセサリーだけあって小さいから」

雨宮が白手袋をした指先で突くが、アクセサリーは服と帽子に縫い付けられていて裏返すのは難しそうだ。

「作られた当時からアクセサリーを着けた人形は稀少です。査定額を倍以上にしてもお釣りが来る特別な装飾と言えます」

「恐ろしい世界だなあ」

腰に手を当てて人形を覗き込む本木は訝しげだ。それを見ても雨宮は微笑みを絶やさず、手の平でそうっと人形の頭を撫でた。

「修復してあげたいけど、磁器人形を扱える職人さんは世界でもあまりいなくてね。引き受けてもらえても時間が掛かるから現実的ではない。可哀想に」

「修理をすれば価値は上がりますか？」

「勿論、上がりますけど、上がった分そっくり修理代に消えると思います」

黒川の眉間が、皺が寄り過ぎて痛みを覚え始める。

「因みに、アクセサリーだけだと価値はありますか？」

「人形サイズだから人間が着けるには小さいけど、十九世紀のガーネットとエメラルドとダイヤでこの量。僕ならざっくり百万円を基準にします」

「あー……成程ね」

本木の曖昧な反応が、黒川の複雑な心境を示す心電図の様だった。

4

拾得物の受け取りで刑事課の取調室を使うとは前代未聞だ。署の全体改修で小洒落たミーティングルームの体裁を保っているのがせめてもの幸いだろう。

黒川はテーブルに彼女と向かい合って座った。

バイク便配達員はそわそわと視線を転じていたが、表情からは喜びが見て取れる。朝は持っていなかったマチ付きのトートバッグを肩に掛けていた。待合所のベンチで居合わせた三人共が、同じ拾得物を引き取りに来たとは考えもしなかったらしい。

「受け取りの手続きって印鑑は必要ですか？」

「その前に、少しお話を」

バッグを下ろそうとする彼女を止めて、黒川は調書を手元に引き寄せた。

「人形が発見されたのは雨の朝です。あなたは雨の話をしていましたね」

調書に、雨に関する記述があったのはバイク便配達員だけである。

「はい。落とした時に降っていたので」

「お引っ越しをされた」

「そうです」

「では、転居前の住所と現在の住所を書いて頂けますか？」

黒川がボールペンの芯をノックして出すと、バイク便配達員の顔が僅かに曇った。

「まだ覚えていません」

「免許証でも結構です」

「…………」

バイク便配達員はいよいよ口を噤んで押し黙った。

「人形が拾われた時刻は午前八時半頃。気象庁の記録によると、この辺りで雨が降り出したのは未明、五時前後でした。人形は落ちてすぐという濡れ方ではありませんでしたから、単純に見積もっても、あなたは五時から七時半までの間に引っ越しをしていた事になります」

彼女は軽トラックを使ったと言うから、転居前後のどちらかは集合住宅だろう。引っ越しには騒音が伴う為、集合住宅であれば早朝と深夜を避けるのが普通だ。

「あなたの証言に間違いはありませんか？」

ボールペンの芯を戻す音が鼓膜を打つ。

バイク便配達員がトートバッグを握り潰して立ち上がった。

「わたし、帰ります！　さようなら」

彼女はドアノブに飛び付くと、疾風の如く姿を消した。

開かれた扉がゆっくりと閉まる。

「泥汚れを見て、雨の中で失くしたと嘘を吐いたのだろう。それで？」

黒川はバイク便配達員の調書をファイルの後ろに回した。

「あとの二人には目ぼしい齟齬はない。任せて大丈夫だと言ったが」

本木を睨み付けると、彼は強靭そうな首をゆるりと巡らせる。

「言いましたね。大丈夫です、多分」

「多分では困る」

「まあ、やれるだけの事をやってから」

煮え切らない返事をして、本木は扉を開けて合図を送る。相沢の明るい声が聞こえて、取調室にタクシー運転手が入ってきた。

背は低いが骨格が角張って身長より大きく見える。

「お役所仕事ってのは何処も阿呆みたいに待たせるんだな」

タクシー運転手が厳しい眼光で黒川を威圧する。黒川は全く怯んでいなかったが、見ず知らずの人間に凄まれて気分が悪い事に変わりはない。

喉の奥から低音を発しかけた時、本木が椅子を引く音が耳を劈いた。

「こんにちは」

取調室の中だけでなく、おそらく刑事課中の人が不快な引っ掻き音に顔を顰めただろう。当の本人は何でもない顔で椅子に浅く腰かけ、調書に手を伸ばした。

「身分証を見せてもらえます？」

「免許でいいですか？」

本木に代わった途端に何だその態度はと嚙み付きたくなる。黒川はいつもの事と引き下がる可愛げもなかったので、実際に前歯を剝いて、本木に調書で隠された。

金のラインの入った免許証の期限は五年後の今月まで。写真に写る彼の前髪は寝癖でひどく捻じれている。

「拾得物保管所、視力検査の真ん前だから免許更新に来た人の目に入るんですよね」

本木が気怠げに言うと、タクシー運転手の表情が硬くなった。

黒川は相沢が貼り紙をした時の位置関係を思い出して、理解した。

彼は落とし物を求めて藤見署に来たのではない。免許更新に来た際に貼り紙を見て、人形或いは宝石の価値に気付き、即興芝居で名乗りを上げたのだろう。

だとしたら、些か短絡的と言わざるを得ない。

「拾得物は本人の承諾なしには引き渡し出来ません」

本木が免許証をテーブルに置いて、タクシー運転手の正面へ滑らせた。

「持ち主がそちらの営業所に問い合わせをするでしょう。その時に、御本人に御足労頂くよう伝えて頂けますか？」

「成程ですね。そうですか、そういう事なら、そうします」

タクシー運転手は免許証を引っ摑むと、早口で捲し立てながら取調室を出て行った。

最後に残ったのは一人。

刑事課のフリースペースで相沢に付き添われて、小学生が見る物全て物珍しそうに目を輝かせている。

「あの子が持ち主だと……」

「お願いしまーす」

黒川の驚愕を置き去りにして、本木が扉から半身を出し、相沢に呼びかける。

小学生はソファから立つと緊張した面持ちになり、相沢の袖を掴んだまま取調室に入って来た。

「こんにちは、おじさんとお話いいか？」

本木が床にしゃがんで目の高さを合わせる。

小学生は相沢を見上げて頷き返され、自身も本木に首肯した。

「妹と巫山戯ていて、周りの人にぶつかったと言ったね。どうしてそんなに近くに人がいたんだ？」

「列に並んでたから」

「何の列か覚えてる？」

「パン屋さん。生クリームのサンドイッチを買いに行った」

小学生がおずおずと答える。

黒川が人形を拾ったベーカリーだ。前日に列に並び、丸一日放置されたと考えると汚れ具合にも説明が通る。

小学生の彼より幼い妹が高価な磁器人形を持つ不自然さは残るが、家庭の事情や財政状況は他人には計り知れない。保護者に聞けば解決だ。黒川が納得した矢先だった。

本木が折り曲げた膝に肘を載せて、俯く小学生を見上げた。

「妹の大事な人形が、代わりの物でもいいと思う？」

代わり。代用品。

『小学生だけが、自分の人形だと明言していないな』

黒川は自分が最初に疑った推測を思い出した。

目を合わせ続けられる本木は気が長い。黒川なら答えを急かしてしまうところだ。遂には小学生が動揺を表し、自身の声に釣られるように涙を零し始めた。

「失くなったペンギンのにんぎょう。いろんな交番に行ったけどなかった」

「妹は、違う人形をあげたらペンギンは要らないって言うか？」

「言わない」

小学生が袖に顔を押し付ける。

「ごめんなさい」

「妹と喧嘩したままなんだって？」

「うん」

涙声で答える小学生に、本木が目元を引き締めた。

「人間は人形よりもっと替えが利かない。妹はペンギンだけでなく、お兄ちゃんも失くしたように感じているんじゃないかな」

「ぼくは家にいるよ。妹もいるよ」

「んっ、そうだな」

何処その骨董店主の物真似だろうか。柔和な態度で善い事を言おうとした本木が、小学生の純粋な反応に打ち砕かれる。彼の澄ました顔が仄かに赤い。

「まずは謝って、いつも通り話してみな。結構、何とかなるもんだ」

本木が拳を差し出すと、小学生が拳を作って当て返した。

人形の真贋は分からない。持ち主候補は三人とも偽物だった。証言の嘘を見抜くのも、アンティークの真贋を鑑定するのも、似たところがあるのかもしれない。

全て振り出しだ。

黒川はポニーテールを引っ張って背中に流し、気持ちを切り替えた。

「いやあ、よかったよかった。しっかし、なんでペンギンなのに代わりがこの人形なんでしょうね」

相沢が大団円みたいな拍手をする。黒川と本木は勢いよく振り向いて彼を見た。

「えっ、何かまずい事言いました、もしかして！　申し訳ございませーん！」

「まずくはない。確かにそうだと思って……何故だ？」

黒川がぶっきらぼうに尋ねた所為で、小学生は涙をぶり返しそうになったが、本木を見て恐るおそる口を開いた。

「パン屋さんで並ぶ時、窓から中に飾ってある人形が見えて、妹のお気に入りなんだ。

それと似てて、妹が喜ぶと思ったから」

こんがらがった糸をハサミで切るように、謎が一瞬で瓦解した。

5

店の前にスタンドフラワーと店員が並んでいる。それぞれがパン籠やバゲットを手にする中で、赤いスカーフをした男性が、磁器人形を前腕に座らせて映っていた。

黒川は写真から顔を上げ、目の前の人形に美しい在りし日の面影を見た。

「ありがとうございます。今朝、失くなっているのに気が付いて、店が終わり次第、交番に届け出ようと思っていたんです」

赤いスカーフの店長は人形が横たわる段ボール箱を大事そうに抱える。

「何かの弾みで窓から落ちて、休みに入ってしまったのでしょう。早朝から雨に降られたようです」

「新しい洋服を縫ってもらわなくては。風呂に入れて、傷を紙粘土で埋めて」

「ちょ、ちょっと待って下さい！」

黒川は思わず持っていた写真をテーブルに叩き付けた。店長が目を瞬かせる。

「磁器人形の価値を御存じですか？　作られた時代や真贋によっては三百万円を超える高級品ですよ」

「はあ」

手応えがない。黒川はますます頭に血を昇らせた。

「修理にも何年も何十万もかかるんです。おまけに見て下さい、ここ。純金と宝石のアクセサリーが付いています。これだけでも幾らになるか」

「じゃあ、それを売ったら治療費になりますかね」

「価値が下がるんだぞ？」

勢い余って敬語が外れた黒川に、本木が小声で呼びかける。

「黒川さん」

「……失礼」

黒川は空咳で取り繕ったが手遅れだろう。醜態を晒してしまった。

店長が器用そうな指先で人形の前髪を撫でる。

「新婚旅行で立ち寄った蚤の市で一目惚れした人形です。妻はそんなに気に入ったなら買った方がいいと背中を押してくれました。よければ来歴を見ますか？」

「アンティークの売買記録ですか？」

「それだけではありません」

差し出されたのは革のバインダーに挟まれた書類だ。現物は日焼けした紙に全て英語で記されているが、翻訳されたらしい日本語の印刷用紙が添えてある。

人形がいつ何処で作られて、誰の手に渡ったか。売買価格はいくらであったか。

「『娘が髪をハサミで切った』『暖炉で靴の底が焦げた』。こんな事まで」

記載内容の可愛らしさに、思わず黒川の口元が緩む。

「来歴は人生そのもの、どれもこの子を形作る一部です」

店長が中指の背で人形の前髪を撫でる。

「うちでも家族同然で、ここに店を構えられた時、お客さんの喜んで下さる顔が見える特等席に座ってもらう事にしました」

「成程」

本木が示した得心は黒川の中にもあった。

窓辺に置かれていた人形は、美味しいパンを心待ちにして行列に並ぶ人々と、パンを買えて嬉しそうに写真を撮る人達を毎日見ていただろう。

店長がはにかむように笑う。

「高級だから大切にする訳ではありません。好きだから大事にする。傷付いたら治してもらう。それだけです」

照れてはいるが、恥ずかしがってはいない。

「そうですね」

黒川は不思議なくらい抵抗なく同意した。心臓に雨が染み入るようだった。

「新しい服を作ってもらいます。うちの制服とお揃いなんていいなあ。この子も家族で店員ですから」

「信用出来る人が見付からなかったら相談に来て下さい」

本木が職務外にまで口出しをしたので、黒川は靴の内側で彼の足を蹴っておいた。

6

秋雨が夜の明かりを反射する。霧雨は細く軽く、傘を差すほどでもない。

「いらっしゃいませ。やっ、凪さん」

鹿乃がメニューの黒板を手に取った。週末の店は混雑して、カウンターに二席しか空いていない。

黒川は手前端の椅子を指差した。

「ここ、いいか?」

「どうぞ。すぐ注文取りに来るからちょっとごめんネ」

「大丈夫だ」

鹿乃が厨房を経由してテーブル席に料理を運ぶ。バーテンダーが次々とカクテルを仕上げてグラスをカウンターに置く。

まだ暫くかかりそうだ。黒川は濡れた上着を脱いで、コートハンガーはあっただろうかと店の入り口を見遣った。

店のロゴが入った扉窓の向こうで、長身の影が上体を屈める。窓の隅で猫背が動いていたかと思うと、人影は店に入らずに立ち去った。

不審だ。

黒川は扉に駆け寄ってドアノブを摑んだ。

霧雨が店先に吹き込んで、顔を淡く濡らす。猫背が向いていた方向にあるのは傘立てだ。黒川が思ったように傘を差すほどでもないと考えた客が多いらしく、数本しか立てられていない。

左の角にビニール傘がある。

手に取って、開いた傘地はクラゲ柄。持ち手にネームタグが嵌めてある。

『くろかわなぎ』

報告書でよく見る筆跡だ。

傘の話をしたのも、バーで盗まれたと話したのも一人だけ。見知らぬ人間が持ち去った傘を捜し出すのはどれほど骨が折れた事だろう。

「罪滅ぼしのつもりか。要らん気を回しやがって」

悪態を吐いた黒川の鼻先で雫が弾けた。

外見や性別で職務外の評価をされるのが疎ましかった。しかし、期待に添っても逆らっても、結局は他人の目に左右された偽物だ。

高級品だから大切なのではない。

安物だとて無価値でもない。

彼女が歩む人生の来歴。

人に望まれる自分、反発して否定するだけの自分。どうあるべきか、どれが本当の自分なのか、手応えのない空っぽの日々は黒川を迷子にした。

『来歴は人生そのもの』

生きてきた日々全てが自分。迷っている事、それ自体すら自分の一部なら。

黒川の価値を決めるのは黒川自身だと今なら言える。

「ふん」

黒川は傘立てに傘を突き立てた。

公務中の決まりで礼に差し出されたパンを受け取れなかった事を残念に思っている訳ではないが、早起きした日に人形の様子を見に行ってもいいかもしれない。

店内に戻ると、ちょうど鹿乃が会計を終えたところだった。

「凪さん、お待たせ。御注文は？」

「焼酎(しょうちゅう)の……」

椅子に座ろうとして、鹿乃のネイルが目に入る。白い花を散らした若葉色だ。

「日本酒の青林檎(あおりんご)フローズンカクテル」

「オッケー」

黒川の注文が何事もなく通る。

バーテンダーのシェイカーが軽やかに振られて煌(きら)めいた。

第三話

チェスト・オン・スタンド

1

薄紫色の花びらが青空に手を広げている。華奢な茎は線香花火、弾ける火花の様な葉が懸命に陽を受ける。

白く塗られた柵板に囲まれて、背の高い花が微風に揺れた。

「コスモスだ」

陽人が立ち止まると、数歩前で小さな背中が連動する。耳の下で切り揃えた艶やかな黒髪が光の輪を広げ、幼い顔が振り返った。

「この辺りはお花を育てているお家が多いですよね」

大きな丸い目を細めて、楽しげに上がった口角は仔猫の様だ。

陽人は穏やかに微笑んで胸に手を当てた。

「骨董品を扱っていると殊更、短い生命に感銘を受けます」

一瞬で消えてしまう生命の儚さにしかない美しさがある。陽人はスマートフォンのカメラでそれを切り取って微笑んだ。

「雨宮さんは不思議な感性をお持ちです。わたしはどっちも綺麗だなあと思うだけ」

「紬さんの鑑定眼は、何に対しても分け隔てないから信頼されるのですね」

「そうだったら嬉しいです」

幸せそうに笑って、彼女は門扉に続く石段を上った。

武丸紬の鑑定に同行すると言ったら、多くの鑑定士が羨望で歯噛みをするだろう。

アンティークディーラー、中でも個人を相手に家や蔵から直接、買い取りを行う者を初出し屋と呼ぶ。

仲介する人数が少ないほど仕入れ値を抑えられる上に、思わぬ良品に出会える機会に恵まれる為、建築物の解体業者を本業とする初出し屋もいるくらいだ。反面、売り手には素人が安く買い叩かれる不安が、買い取り手には労働に見合った収穫が得られないリスクが付きまとう。

紬はベテラン鑑定士としての信用も然る事ながら、売り主の間で評判が良く、次から次へと数珠繋ぎに大口依頼を受けていた。

（ベテラン……）

彼女が大きなリュックを担いで石段を上り、インターホンを押す。

獅子のノッカーが付いた扉が大きく開放された。

「いらっしゃい、紬ちゃん」

「周防さん。本日はお世話になります」

「こちらこそ。美味しいおやつがあるのよ。お茶を淹れましょう」

祖母を訪ねた高校生の孫にしか見えない紬だが、ディーラーの噂では二十代とも五十代とも言われている。ベテランと尊敬されているくらいだから歴は十年を超すのだろう。人間よりアンティークの方が百倍分かり易い。

陽人が思考を放棄した時、紬が身体を右に避けて戸口までの道を開けた。

「今日お手伝いをしてくれる雨宮さんです。雨宮さん、こちらが売り主の周防さん」

紹介されたのは品の良い老婦人だ。ロフストランドクラッチのカフを左腕に嵌めて、左足に掛かる体重の殆どを杖に預けているようだ。

「雨宮陽人と申します。県内の骨董店に勤めております」

陽人が挨拶をする間も、周防は朗らかな笑みを絶やさず、

「紬ちゃんの紹介なら安心だわ」

と言って、二人を家に招き入れた。

洋館然とした外観に違わず、中も絵に描いたようなチューダー建築だった。個人宅の玄関に象眼細工が施されているのを、陽人は初めて見る。廊下の欄間には正方形のステンドグラスが等間隔にあしらわれており、窓の外に広がる英国式庭園もまた美しい。

「本当にもう始めるの？」

「はい。お茶は休憩時間に頂きます」

紬の足取りが心なしか弾んでいる。周防は残念そうに承諾すると、渡り廊下に出て、離れの蔵に二人を案内した。

「段差で転んだくらいで骨を折るなんて私も歳なんだわ。将来の事を考えたら、あの人のコレクションを眠らせておいては宝の持ち腐れになると思ったの」

「いいんですか？　以前、鑑定させて頂いた時は……」

紬が言い難そうに語気を弱めて、横目で陽人を見る。小首を傾げた陽人に、周防が朗らかに笑って見せた。

「あの人ったら、買い取って頂く直前になって、やっぱりやめだって蔵に閉じ籠っちゃったんですよ。でもね、流石に蔵ごと三途の川を渡す事は出来ないもの。道具は使われてこそ。芸術は愛してくれる人の所に行くのが一番です」

周防は頑丈な南京錠を外して、鍵を紬に手渡すと「お願いしますね」と言い置いて一人、母家に引き返した。

「それじゃあ、始めましょうか」

観音開きの扉の右を紬が、左を陽人が摑んで同時に引っ張る。鉄製の扉は侵入者を拒む重量でゆっくりと開かれる。

紬はリュックを床に下ろして深く息を吸い込むと、鎖骨の上で両手を重ねた。

「この香り、堪りません」

紬の瞼が蕩けるように弛む。目の前の全てを慈しむかのような眼差しは、誰が見ても彼女の心が幸福で満たされていると確信するだろう。

陽人がドアストッパーで扉を固定していると、紬が我に返った顔で頬を赤らめた。

「すみません。雨宮さんが探しているのは抽斗箪笥でしたね」

「ええ、顧客の要望で、マントルピースと対で置きたいそうです」

「それじゃ、重厚感のあるものがいいですね。心当たりがあります」

紬がリュックからバインダーを取り出す。

「市場に出る前に機会を頂けて助かります」

「お仕事も手伝ってもらいますから。一度、鑑定をしているので、リストと照らし合わせて増減を確認するのが主な仕事になります」

陽人は目礼をしてバインダーを受け取った。アンティークは絶対数が限られており、良い品はすぐに買い手が付く。巡り会った物の中から選ぶならまだしも、予め決められた望みに適う物を探すのは困難だ。

高窓から差し込む陽光が、蔵の中を薄明かりで照らす。白い布が掛けられた家具が所狭しと置かれて、アンティークでない収納家具には小物や古着が保管されているのだろう。個人所蔵のコレクションは文字通り宝の山だ。

「保積さんが助かったのは、雨宮さんが見付けてくれたお陰だと聞きました」

紬が丸く削られた鉛筆を差し出す。

「アンティークディーラーは危険なお仕事です。紛争から逃げ遅れた人、生命を奪われた人、道を踏み外した人も見ました。二人の仲間を救ったあなたに、わたしはお礼がしたかったんです」

一命を取り留めた被害者と、殺人に至らなかった被疑者。両者共に仲間と断言する紬の慈愛は懐深く、五十代と言われても納得出来る。

「あっ！」

紬が目を輝かせて白い布の一枚を取り外した。

「雨宮さん、見て下さい。こちらがわたし一押しのチェストです。推定十八世紀フランス製ですからコモードと呼ぶべきですね」

紬が埃も気にせず床に座り、細くも豪奢な脚を指差す。陽人は距離を保った位置からまず全容を眺めた。

「優雅な佇まいですね」

「はい。箱形から抽斗式に移行した時代の作品で、ボンベ形ではありますが、曲線は控えめです。脚はオルモル製の金具でガードされています」

「カブリオレ・レッグは尖った先端が虫に喰われがちで、査定で悩ましいところでした。この加工は機能的でありながら芸術的な意匠です」

「寄せ木で格子柄を合わせているところが特にお洒落だと思います」

紬が白手袋の手をコモードの脚から前面に沿わせて、ロココ様式をなぞる視線は絶対的存在を崇拝するかのようだ。

「家具をキャンバスに見立てたマーケトリーの絵画的モチーフと、パーケトリーの幾何学模様は好みが分かれるところですね。こちらは十八世紀初期でしょうか」

「同意です。オーク材の深みを活かしながら飾り金具で華やかさを足しています。このエスカッチョンの絶妙な非対称形」

早口で語る紬の瞳はうっとりとコモードに囚われて、最早、陽人の存在を忘れている。

彼女は抽斗を慎重に外して、側面に顔を近付けた。

「釘を使わないあり継ぎ式ですが、レールの不均一さが却って職人さんの技術の高さを窺わせます。把手部分に付け替え痕はなし、隠し抽斗のパーツも交換なしです」

「装飾に比べてシンプルなエプロンが意外ですが、全体で見るとバランスがいい。職人さん個人のセンスか、流行の変遷期に作られたのかが気になるなあ」

「雨宮さん、分かってらっしゃる。そこなんですよ。調和しているのに微かな不協和音が時代背景に奥行きを齎しています。願いが叶うなら、わたしもこの家具と共に生まれて生きたかった！」

紬は立ち上がり、数歩下がってコモードを眺め、急に青ざめた。

「すみません……頭の中身が流れ出てしまいました」

そこだけ聞かれたら誤解を生みそうな物騒な言い回しだ。陽人は暢気に笑って、自分も白い手袋を嵌めた。

「素晴らしいコモードですね。天板の大理石がマントルピースに合いそうです」

「そこが雨宮さんのお話を聞いてぴったりだと思った所以です」

　十八世紀当時も暖炉や床材の大理石と揃えて家具職人に発注した貴族が多くいたと、文献に残っている。紬が願うように、昔の家具は人と共に生きるものだった。

「動画を撮らせて頂いてもいいですか？」

「構いませんが、念の為、用途を伺わせて下さい」

「顧客の方に事前に見て頂くのと、もしよければ弟に見せたいのです。こんなに綺麗なコモードはなかなかありませんから」

「さっきコスモスの写真を送っていたのも弟さんですか？」

「はい。あ、返事が来ていますね」

　返されていたのは、三白眼の犬が無愛想に親指を立てたリアクションスタンプだ。本人は知ってか知らずか海星に似ている。

「仲良しで素敵です」

「両親もディーラーなので仕事柄、兄弟で留守番をする事が多くて……友人には過保護だと言われます」

「御本人の意思を尊重していれば過ぎたる事はないですよ」

「意思」

　海星の意思。

紬の言葉が陽人の胸でチクリと痛む針と化す。何も奇妙(おか)しな事は言っていないのに。

「家主さんには撮影許可を頂いていますからどうぞ御自由に。わたしはあちら側からチェックするので、何かあれば声を掛けて下さい」

紬が西側の収納棚に向かう。小物の確認は手間を強いられるだろう。陽人も早々に私用を済ませて手伝わなければならない。

陽人は心臓の辺りを摩(さす)って痛みを誤魔化し、カメラを起動した。

2

深い眠りから浮かび上がる瞬間、たゆたう意識に混ざる記憶があった。

ブランケットに包まれて箱の隅で丸くなる。内壁の角に額を押し付けて、瞼を固く閉じていたが、開いても闇しか見えなかった事を覚えている。

蝶番(ちょうつがい)が軋(きし)んで、差した光は目が眩(くら)むほど明るかった。

＊

「眩(まぶ)しい」

遮光カーテンの隙間から侵入した二センチ幅の日差しが、奇跡的に海星の両目を照らしている。今日はろくな事がなさそうだ。海星は羽毛布団を顔の上まで引っ張り上げて、二度寝の淵に潜ろうとした。

　机の上で着信音が鳴る。

「寝てるよ」

　呟いて、失敗したと海星は思った。自ら出した声で微睡みの繭が割れてしまう。意識は最早、明瞭に覚醒して、心地好かった布団はティッシュペーパーみたいにごわごわと手の平を返した。

　瞼を押し上げる。モールディングのない天井はシンプルで良い。抽斗を下部に二段備えた背高のベッドも機能的だ。

　ベッドサイドテーブルには機械生産らしい粗雑さが不揃いな木目に表れているが、同様の机と座り心地の悪い椅子も海星にはちょうど合っていた。

　海星はベッドから抜け出して、タブレットを開いた。

　発信者は、陽人である。

　メッセージはなく、コスモスの写真が一枚。よく晴れた日差しが似合う。

　海星はスタンプを送り返し、欠伸をしながらキッチンに出た。

　マグカップにペットボトルからお茶を注いで電子レンジで温める。テーブルのパン籠には紙の小袋が四つ、縦長なので刺さっていると言った方が近いだろう。

　昨日、匡士が置いて行った土産のたい焼きである。

「もくもくさんの餌付け精神は何なんだ……」

海星の心配というより、生活力の低そうな陽人を見兼ねているのかもしれない。陽人と来たら、海星には三食睡眠を摂らせるが、自分は日向ぼっこで日が暮れ、月を眺めて夜が明けるような人だ。

大雑把と言えば匡士も相当だが。

海星は紙袋のひとつを手に取ってみた。紙袋にはそれぞれ丸いシールが貼ってある。シールの色は、赤、金、緑の三色だ。

『どれが何味？』

昨日、尋ねた海星に匡士は悩みもせずに言った。

『食材の色からすると、赤がハム、緑がカボチャ、金が餡バターじゃないか？』

説得力はある。

海星は電子レンジからマグカップを取り出し、椅子に座って緑のシールが貼られた袋を自分の前に置いた。

「いただきます」

手を合わせて割る。たい焼きの中身は粒餡とバター。

「……期待してなかったし」

その時、タブレットが着信音を鳴らした。また陽人からだ。海星はお茶だけ一口飲んでメッセージを開いた。

『蔵出しの撮影を許可してもらえた。今から動画を送ってもいい？』

陽人は美しい物を見付けると海星に見せたがる。初めは蒐集家の自慢癖かと思ったが、アンティークに限らず風景や動物を撮る事も多く、どうも海星を喜ばせたいらしいと理解してからは無下に断れなくなった。

それにしても最近は頻度が高い。やたらと外の映像を送ってくる。

『ごはんたべてるから。ゲームはしてない。だいじょうぶ』

着信通知でゲームが途切れるくらい海星は構わないが、陽人の意図が分かったので答えておく。

海星も職人が技巧を凝らし、想いを籠めた細工は好きだ。作り手の魂を分け与えられた名作は海星を清雅な世界に招き入れてくれる。

『幾つか送るね』

陽人が言ってから、操作にもたついたであろう時間を置いてファイルが送られる。海星は前髪を左目の上で分けて右に流した。

動画が全画面で自動再生される。

古い家具だ。抽斗を上下に二段重ねて、石板で蓋をしたような格好をしている。

カメラはコモードを正面から映し、ゆっくりと角度を変えていく。斜めから見ると植物の様な飾り金具がより立体的に波打って、格子柄の四角形は三角形が四枚集まっているのだと分かる。

画角が大きく変わり、コモードまでの距離も近付いた時、半透明の羽がカメラを遮ってシャボン玉より薄く脆い膜を張った。

微睡む夢の様な光景である。

手の平ほどの小さな妖精がコモードの周りを飛んでいる。金の刺繍が入ったシャツと格子柄のズボン、爪先の尖った靴の踵は蹄の様だ。

妖精は大理石の天板に腰掛けようとして、急に羽ばたき方向を変えたかと思うと、鍵穴の飾り座金に寄り添って俯いた。

カメラの引き際に妖精の寂しそうな横顔が映る。

「泣いてる」

寛やかな沈黙は、誰がと言うまでもなく海星が見た光景を受け入れる。分けた前髪が重力に引き戻されて額に落ちる。

「どうして？」

浮かぶ疑問を解く術を、海星は持っていなかった。

3

名称が現実を矮小化させる例がある。

予測不能だった気象変化が解明されて俗称が定着し、個々人で被害を抑えられるようになる。原因不明の病が一般事例に分類される事で安堵を得る。

犯罪では名が付く事で立件を後押し出来る場合もある。しかし反対に、名が付いている所為で罪の意識が薄れるのは問題だ。

痴漢ではなく暴行、いじめではなく傷害、金銭トラブルではなく詐欺、備品の持ち帰りではなく横領とでも呼ばれたら、一線を越える前に踏み留まる事例もあるのではないかと期待するのは、匡士の怠惰故かもしれない。

刑事三課が受ける通報の中でも、ほぼ常態化しているのが万引きである。

商品を鞄に隠して店を出る。一件ずつの盗品が安価な事から罪の意識が軽くなりがちで、万引きという名のアトラクションか何かと勘違いしている輩までいる始末だ。店側の被害総額は億に上る例もある悪質な窃盗事件だと自覚して欲しい。

「お疲れ様です。自分はこれで」

通報で駆け付けた警察官が匡士らに後を任せて退室する。

コンビニエンスストアの事務室は雑然として、一人減ったくらいでは暑苦しさは改善されなかった。

正面にスチール製の机と薄型モニターが設置され、防犯カメラの映像が流れている。左の壁際に中型のロッカーが上下三つずつ重なって、共用のコートハンガーがあり、反対側に置かれたダイナーテーブルと揃いの椅子二脚は休憩スペースだろう。

ダイナーチェアでアワードジャケットの男性が縮こまり、向かいの席に黒川が主の様に腕組みをして陣取っている。コンビニエンスストアの店長はデスクチェアで、頻りにパソコンを操作中だ。

部屋に暗い閉塞感を与えているのは、仁王立ちしている自分ではないだろうか。匡士はダイナーテーブルの傍で膝をたたんでしゃがんだ。

黒川が手帳のページを戻す。

「話を整理します。あなたは精算を済ませていないおにぎり百四十円とパックドリンク百円、充電器千二百円を隠し持って店を出た。間違いないですか？」

「知らね」

男性が不誠実な態度で壁を見るが、テーブルには黒川が説明した通りの商品が並んでいる。おにぎりは潰れてもう売り物にはならないだろう。

黒川は動じない。

「店員に呼び止められて逃走を試みた際に、焼き立てパンの幟を引き抜いて振り回していますね」

「気付かんかなあ。こっちは警察ごっこのお姉ちゃんと話す気はねえんだよ。お涙とお気持ちで罪を重くされちゃあ堪ったもんじゃない。きんきらの襷して、一日署長殿でもやってりゃあいいべや。鈍い女はモテにゃあよ」

随分と口の利き方を知らない大人だ。匡士は腰を浮かしかけたが、テーブルの下で黒川の手が制止する。

「御心配なく。情状酌量は裁判官と裁判員が被告だけを見て判断するものです。私の事は、質問を投げかけて答えを録音するだけのロボットと思って下さって結構」

匡士は心の中で拍手をした。普段の黒川なら二言目で激昂して、売られた喧嘩を即買いしているところだ。

男性が疎ましげに視線を返す。

「知らねえ」

「あなたが幟を振り回して騒ぎを起こしている間に、一緒に万引きをした子が逃走した。彼の身元とあなたとの関係を教えて下さい」

「知らねえっつってんだろうがよ。三十路にもなってオモチャのボールペンを使ってる寒い奴に喋りかけられたくねえなあ」

「！　馬鹿にするな。世界中で愛されるマンボウのフローティングペンだぞ」

黒川が立ち上がってボールペンを掲げた。

軸のガラス部分に水に見立てた青いオイルが満たされており、傾けるとマンボウのフィギュアがゆったりと泳ぐ。

（そこはキレるのかー）

項垂れる匡士を他所に、黒川と男性は深海生物について水かけ論を始める。匡士は膝を畳んだ状態で後ろ歩きをして、店長の傍らで中腰になった。

「騒がしくしてすみません」

「いえ、好きにやって下さい」

店長の黒く染めた髪が根本から潰れて、彼の疲弊を色濃くする。頰がやつれて痩け、沈着した隈で眼窩は落ち窪んでいるかのようだ。

「話の通じない客に苛立つだけ体力の無駄です」

「飽きもせず現れますからね」

本人にとっては仮令一度きりの過ちでも、店や警察にとっては人が変わるだけで無限に続くのだ。手を抜けるところでコストを削減しないと身が保たない。

店長が察したような目で匡士を見て同情を滲ませた。

「そちらもお疲れ様です」

「どうも。する事して退散するので。犯行は二人組だったんですよね。逃げた方の特徴って聞けますか?」

「防犯カメラに映っています」

店長がマウスを動かして録画を操作する。匡士は椅子の背凭れに腕を置いて、四分割された画面を覗き込んだ。

右上は店の前、左上がレジの内側、右下がドリンクコーナーの上から店内右側を、左下がATMから店内左側を映している。

客は四人。財布だけを持った軽装の人物。画質が粗いので細部は見えない。ノートをコピーする大学生らしき二人連れ、それから今現在、黒川と口論中の容疑者だ。

軽装の人物がドリップコーヒーを淹れ終えて去るのと入れ替わりで、全身ジャージ姿の少年が来店した。

「これですか？」

「はい」

店長が頷く。匡士は年齢の近い者同士の共謀を想定していたので、暫し目を疑った。

防犯カメラの映像に映る少年は、年嵩に見積もってもせいぜい高校生である。

容疑者が弁当売り場からドリンクコーナーへ回る。コピーを終えた大学生の一人がATMに向かい、もう一人はレジでホットスナックを選び始める。

少年が容疑者とすれ違う。彼は顔を伏せて商品を見る振りをしながら、容疑者に幾度となく視線を送っている。

大学生の注文を受けて店員がトングと紙袋を手に取る。

レジに店員は一人しかいない。

その隙を狙ったのだろう。容疑者が菓子の棚を通る前は手に持っていたおにぎりとドリンクが、通過後には消えている。犯行はまだ終わらない。

容疑者が少年に一瞥くれて通り過ぎる。彼が素知らぬ歩みで充電器を取ってアワードジャケットに収めた時、少年もタイミングを合わせて電子マネーのプリペイドカードを数枚取り、鞄の外ポケットに押し込んだ。

「――！」

音声がないので内容は分からない。ＡＴＭで用事を済ませた大学生が万引きに気付いて声を上げたようだ。

容疑者と少年が店を飛び出す。店員が後を追う。大学生二人も外に出る。騒ぎを聞き付けて事務室から店長が現れたが、レジを守る為に留（とど）まったらしい。

カメラの一台がガラス越しに忙（せわ）しなく動く影を捉（とら）えた。

「アルバイトの子が奮闘している間に警察の方が来て取り押さえてくれましたが、男の子の方は見失いました」

「学校のジャージか？　これ」

匡士は独白して、くり返される録画に目を凝らした。

「外に出ているプリペイドカードは、レジを通さないと使えないんですけどね」

店長が薄く失笑する。

ジャージのズボンに一本線、ジップアップの上着は胴体の両サイドだけ布の色が切り替わっている。背中に入った文字は読めないが、文字の上にマークの様なものが入ったデザインは、徒歩圏内の公立中学校が一校、採用していた。

（藤見ヶ丘（ふじみがおか）中学校……海星が籍を置いてるとこだ）

個々の事情で通学が困難な生徒向けに通信制の授業を設けており、受講数を出席日数に反映させている。在宅の生徒もジャージを購入するのだろうか。だとすると、特定は難航しそうだ。

「被害届を生活安全課と共有する事も出来ますよ」

「子供の方の損失はあってないようなものです。警察に捜してもらうほどでは」

店長がダイナーテーブルの二人を見遣る。

侃々諤々と叱り付けていた黒川が、神妙な顔で容疑者を睨んだ。

「ヨコヅナイワシだと？　なかなかいい趣味をしているじゃないか」

「刑事さんこそ」

容疑者が一目置くように深刻な声音で応える。脱線した先でも真面目なのは黒川の長所と言えるのかもしれないが。

「すみません、そろそろ自分で気付いて説教モードに入ると思うので」

「いえ、お構いなく」

店長が覇気なく諦めを口にする。

被害者が諦める。刑事をしていると高頻度で目にする理不尽だ。容疑者を捕まえる刑事にとっては無力を痛感する瞬間でしかない。

時間、労力、世間体の喪失は容疑に紐付くにも拘らず、恰も被害者の訴えによる浪費の様に疎んで、容疑者の未来の為に被害者の未来を潰せと宣う理屈が罷り通るのだから、最悪のペイ・フォワードだ。少なくとも刑事が加担する事ではない。

「学校にはこちらで注意喚起をしておきます。黒川さん、いいですよね？」

匡士がむしゃくしゃする気持ちで膝を伸ばすと、事務室が一気に狭くなる。

黒川が思い出したように事情聴取という名の説教を再開した。

「む、勿論だ」

4

木を切る音。板を削る音。木屑が散らす香りとパンの匂い。

生まれた時から傍にいた事を身体が覚えている。物心が付いて目にしたのは無数の紙とそこに書かれた図形。文字の記憶は曖昧だ。しかし、それらが意味するものを朧げに理解している感覚があった。

慌ただしさと共に毛布に包まれて、箱の底に座らされる。逆光で自分を手放した人の顔が見えない。

恐怖と不安。短い吐息が沈黙を強いる。蓋が下りると箱の中は闇に沈み、次第に外の音も聞こえなくなっていった。

＊

最悪の目覚めだ。

海星は耳に響く振動に眉を顰めた。

寝返りを打った拍子に頭が枕から落ちたらしい。ベッドの脚を伝って階下の音が薄らと聞こえる。声は二種類、兄が加わった会話特有の長閑さがあった。

（帰って来たんだ）

黒目だけを動かして見上げた壁掛け時計は十時半を回ったところ、もう少し寝て昼に起きる選択肢が海星の思考の大半を占める。兄が昼食休憩に入る頃に起き出して、何となく席に着き、昨日の話を聞いても良い。

あのコモードにはどんな曰くがあるのだろうか。

妖精は千差万別で、本体の状態が悪いと髪が乱れていたり、服が汚れていたり、時には怪我をしていたりするが、動画を通して見た彼はとても美しかった。

陽人にコモードの鑑定を聞けば、彼の涙の理由に説明が付くかもしれない。

「新幹線アイスが溶けるのを待ってた？」

会話の前後がぼやけて、一部だけが聞き取れる。

（もくもくさんの声）

客が国士なら、昼まで待つ必要はない。

海星はベッドから足を先に下ろして、腰から上へと身体を起こした。

階段を下りて左手の扉は、店側から見ると本棚の一部になっているから開けるのにコツが要る。棚をロックする横木を外して、三センチほど手前に引き、金具がレールに嵌まるのを手で感じられたら、普通の扉と同様にドアノブを回して開けるとスムーズだ。

海星は横木をずらして本棚と一体化した扉を開けた。

「おう、海星。寝起きか」

「見れば分かるだろ」

「お互いに分かりきった情報を受け答えするのが交流ってもんだ」

「もくもくさんに騙された。シール、緑が餡子で赤がカボチャで金がハムだったよ」

「知らない情報が目白押しで愉快だな」

匡士が真顔で前言を裏切った。

一日振りに会う陽人がにこにこと笑って見ている。

「海星、ただいま」

「おかえり」

「先輩に訊かれたのだけれど、中学校のジャージは購入必須ではないよね？」

「登校する人だけだよ」

何故、匡士がジャージの有無など知りたがるのだろう。彼は手帳に二重線を引くと、唐突に海星と目を合わせた。

「海星も散歩がてら一緒に行くか？」

出会い頭に何事だ。海星は最早、脊髄反射で返した。

「行かない」

「行き先くらい聞けよ」

「何処」

「藤見ヶ丘中に生徒指導」

「死んでも行かない。行ったら死ぬ」

「おーいー、断り方ってもんがあるだろ。一回くらい校舎も見てみたいかと思っただけだよ。なあ、陽人」

「えっ」

餅搗きの様だった海星と匡士の会話が突然、堰き止められた。

陽人が布張りのトレイから縞模様の瑪瑙玉を取り落とす。彼は慌ててそれを拾い上げ、青白い顔でぎこちなく微笑んだ。

「そうだね」

チベットの工芸品、ジー・ビーズは本物であれば一千万円の大台に乗るが、幸い、彼が落とした瑪瑙玉は偽物だ。

(依頼品を落とすなんて珍しい)

疲れているなら無理はして欲しくない。しかし、今日はもっと奇妙しい人がいた。

「じゃあ、陽人。一緒に行くか」

匡士が誘う対象を気安く変えた。陽人がぽかんとする。

「アンティーク絡みではないって先輩がさっき」

「言ったが、藤見ヶ丘中の裏に美味い団子屋があるのを思い出した」

匡士は取って付けたような理由を言ってから、コレクターケースのカウンターに左肘(ひだりひじ)を突いて声を潜める。

「それに、刑事は二人一組。陽人がいれば箔(はく)が付くだろ」

「僕を連れて行けば捜査の体裁が整うって話？」

「署には話してある。被害届が出てないだけで事件は事件だ」

どうやら正式な捜査ではないらしい。

「お節介」

「被害者が泣き寝入りなんて誰でも気に食わないだろ」

白けた目で海星が言うと、匡士が上体を起こして白い犬歯を見せた。

「海星、留守番を頼めるかい？」

「いいよ」

陽人が上着と荷物を取って支度をする。

海星は二階に戻り、部屋の窓から二人の背中を見送った。

「何だ、あの下手な嘘？」

窓を閉める。箱が、閉じた。

5

校庭に快活な掛け声が飛び交っている。サッカーグラウンドの外れに佇む楓の木が紅葉して赤い。校舎に近付くと窓から机に向かう生徒の姿が見えて、陽人に懐かしい緊張を思い出させた。

藤見ヶ丘中学校。

入学試験不要の公立校で、学業でもスポーツでも輝かしい成績を残している訳ではないが、街で苦情が話題に上る事もなかった。

（どうして僕が連れて来られたのだろう）

陽人はぼんやりと思いながら匡士の隣を歩いた。

（海星が強引に引っ張り出されるよりはマシだけど）

想像して、悪寒が走る。陽人が粟立つ二の腕を摩る傍で、匡士はいつも通り気怠げに欠伸をしている。歩調は鈍いのに進路に迷いはないのが彼の可笑しな特徴だ。

「すみません、いいですか」

匡士が花壇で水やりをしていた職員に声を掛ける。彼女は鍔広の日除け帽子の陰で顔を険しくした。

「部外者は勝手に入らないで下さい」

「藤見署の者です」

「えっ」

匡士に警察手帳を見せられた途端、彼女は青くなってじょうろを投げ出す。残った水が注ぎ口から弱々しく流れて、乾燥した石畳の色を濃くした。

「私は何も分かりません。その話は学年主任、いえ、教頭先生に聞いて下さい」

陽人は密かに首を傾げた。

頭上でサッシ窓が開く音がする。廊下を通りかかった生徒がいたようだ。職員が徐々に話し声が大きくなるのに気が付いて、匡士と陽人を身振り手振りで誘導する。

「入って下さい、お早く」

匡士が陽人を見る。陽人も無の顔で目線を合わせる事しか出来ない。

「お早く！」

「失礼します」

慌てふためく職員に急かされて、二人は校舎の中に移動した。

校舎の歴史は浅く、陽人が期待する骨董の域には至らなかった。

鉄筋コンクリートの壁は白い塗料で塗られて、天井板は照明や換気口を組み込んだポリスチレン製、床に貼られたポリウレタンコーティングのシートは継ぎ目が捲れてガムテープで応急処置されている。

陽人は中高一貫の古い私立校だったから、近代的な校舎が物珍しくもあった。

「エアコンの効きが良さそう」

「うちの中学もこんなだったけど、夏は灼熱だったぞ」

「そういえば先輩って合流組だったたね」

先導する職員が度々、肩越しに二人を窺う。彼女は応接室の前で少し足踏みをしてから、二部屋奥の職員室に駆け寄った。

引き戸の車輪が小気味好い音を立てた。

「教頭先生。お客様です」

職員が呼びかけると、間髪を容れず物々しい胴間声が返された。

「遅いじゃないか。さっさと見積もりを出してもらわないと予算が組めないんだよ」

「いえ、あの」

職員が小走りで向かう先には他の机から孤立した席があり、五十絡みの男性がふんぞり返っている。彼が教頭らしい。

「警察!?」

職員に耳打ちされて、教頭が驚愕する。職員室にいた教師らが一斉に振り向き、その内の一人が湯呑みを取り落とす。淹れたての茶を腿に掛けられた別の教師が叫びながら飛び上がった。

「あー」

俄かにざわめく職員室に、匡士がぬるりと進入する。彼は室内を見回して鷹揚に呼びかけた。

「突然お邪魔してすみません。藤見署の本木と言います。大した用事ではないので、皆さんお仕事を続けて下さい」

教師らは一応、視線を外したが、普段通りにも振る舞えないのだろう。匡士の姿を目で追って、警戒心が時々、陽人にも飛び火する。陽人は元より無関係なので暢気(のんき)に微笑みかけておいた。

「誰からどんな通報を受けたんですか？」

教頭が匡士に詰め寄る。案内してくれた職員がそそくさと離れる。

匡士が近付くと、教頭の額に皺(しわ)が寄った。

「通報者は決まりで教えられないんですけど、近隣の中学生が地元の商店で悪さをする目撃例が相次いでまして、朝礼か何かでふんわり話してもらえると助かります」

「つまり、ただの注意喚起ですか？」

「他に何か困り事でも？」

「いや、そういう訳ではないのですが」

教頭の表情が明らかに脱力する。彼はハンカチを頬に当てて破顔した。

「驚きました。我が校は問題がないのだけが取り柄のような平和な公立校でして、警察の方がいらっしゃるのは交通安全指導会くらいなもんですから、年甲斐(としがい)もなく動揺してしまいました。ワハハ」

「アハハ、説明が遅かったですね」

「いやいや。おい、中西(なかにし)先生。お二人にお茶をお出しして」

教頭が声を掛けると、落とした湯呑みを片付けていた教師が頭を振り上げた。

「はい！　痛っ」

茶の零れた机の下まで拭いていた所為で、脳天が抽斗にぶつかる。

「しっかりしないか。教師は生徒の手本にならんと給料分の仕事をしたとは言えないだろう。ねえ、ほうぼくさん」

「どうですかねえ」

聞き間違えられた名前は訂正しない事にしたらしい。匡士は微温く会話を合わせて、中西と呼ばれた教師に小さく首を振ってみせた。茶は要らないと伝えたかったようだが、相手は汲み取れず電気ポットに走る。高校の頃から格好付けようとすると格好付かないのが本木匡士だ。

「本木先輩、今日中に学区内を回らないといけないのでは？」

「！　そうだな」

陽人が笹舟レベルの適当な助け舟を流すと、匡士が瞬時に摑み取る。

「それでは、皆さんもお疲れ様です」

匡士の言葉に、教師らが微妙な薄ら笑いでお辞儀をした。

玄関先に楓の葉が舞い落ちる。通用口で脱いだ二人の靴は御丁寧に正面玄関の三和土に揃えられて、観音開きのガラス扉が開け放されていた。

「煙たがられていたね、先輩」

「刑事なんて何処に行っても多かれ少なかれあんな扱いだ」

「そうかなあ」

陽人が感じた妙な感覚は、匡士には伝わらなかったらしい。

「ねえ、先輩――」

匡士は爪先で地面を蹴って靴を履くと、腰を伸ばして校舎を振り仰いだ。

「海星がここの生徒だったら、教室の窓から早く帰れって嫌そうな顔しただろうな」

「――……」

楽しげに苦笑する彼があまりに自然で、陽人は心臓に針を刺されたみたいに、急に上手く息が吸えなくなった。

否、急ではない。先日から薄々感じていた所為だ。

『いずれは必要に迫られて他人と関わる事になる』

『海星が刑事になって三課に来たら』

あの時も。

匡士は当たり前の様に、海星が外に出る未来を語る。

『一緒に行くか?』

あの時も。

強要する事はせず、様々な可能性を海星に示す姿を見る度に、陽人の中の正しさが足元から侵蝕されて倒れそうになる。

鼓動に圧されて心臓がチクチクと疼く。

『御本人の意思を尊重していれば過ぎたる事はないですよ』

「え……」

「何だ？」

陽人が囚われた暗い沈黙を裂いて、いやに明るい光が横切った。

匡士が左目を眇める。彼の顔に白い光が当たっている。まるで凹レンズで陽光を集めて反射しているかのようだ。

「本木先輩、あそこ」

陽人は校舎の一部が同じように光っているのを見付けて指差した。

一階の窓が不自然に明るい。職員室の左隣に小さな部屋が、更に左に白いカーテンの掛かった部屋があった。光が忙しなく動いているのは左側の窓辺だ。

まるで妖精が誰かに気付いて欲しくて、必死に飛び回っているかのように。

「応接室だったか……」

匡士が呟いた時には、もう歩き出している。

陽人は後ろを追いながら、職員達から受けた違和感を思い返した。

『私は何も分かりません。その話は学年主任、いえ、教頭先生に聞いて下さい』

職員はじょうろを放り出し、慌てて話を有耶無耶にした。

匡士が言うには、万引きをした生徒が特定出来ない為、学校側から全校生徒に一般的な注意を促してもらって釘を刺す作戦だった。当然、学校は事件があった事も知らないはずである。

(その話?)

匡士が三和土で靴を脱ぎ、廊下を遡る。職員室から出てきた教師が焦って教頭を呼びに戻ったが、匡士が応接室に着く方が早かった。

コンコンコン。形式だけのお座なりなノックは返事を待たない。

「失礼」

匡士が扉を開けると同時に、職員室から出て来た教頭が悲鳴を上げた。

応接室は廊下や職員室とは一線を画す、高級感ある内装だ。

床は挽き板を合わせて意匠を施すヴェルサイユ張り。壁は腰羽目に木材、上部に蔓草模様の壁紙が使用されているが、板材に革紐飾りをあしらう事で下部に重厚感を足している。

天井は飾り気のない石膏塗りだが、折り上げ天井を用いたコーブ照明が落ち着いた明かりを作り出すだろう。

しかし、美しさを保っているのは内装のみだった。

「うう」

教頭が廊下で頭を抱える。

匡士の眼差しが鋭く室内を観察する。

陽人は絶句して立ち尽くした。

肘置きが筒状のリージェンシー様式のソファ、オニキスをあしらったロウテーブル、柘榴の木を模した電気スタンドに、マホガニー製のチェスト・オン・スタンド。

豪奢な調度品の半分がひっくり返り、トルコ絨毯の上に陶器の破片が散らばっている。割れた赤いガラスは電気スタンドの一部だろう。

「お話を聞いても？」

匡士が背を向けたまま、教頭に尋ねかける。

割れた鏡が不規則に陽光を反射した。

6

箱から出た海星を待ち受けていたのは混乱だった。

話しかけられているが、何を言っているのか分からない。

知らない人達、奇妙な形の謎の家具、聞いた事のない音と言葉。毛布を掻き集めて箱に戻ろうとする彼を、大人が寄って集って引き離す。

辛うじて残された毛布に包まってベッドの上で蹲る彼を次に襲ったのは、意識も飛ぶほどの高熱だ。

激痛のあまり身体の何処が痛みを訴えているのか認識出来ない。咳で呼吸もまともに出来ず、疲れて眠りに落ちては噎せて目が覚める。

口に入れられた物に吐き気を催して、毒という単語は思い付かなかったが、何か良からぬ仕打ちを受けているのだと疑い始めた頃には憔悴して、毛布の感触だけが現実と自分を繋ぐ唯一の頼りだった。

苦痛の波が去ると、回復する前にまた発熱する。

くり返し、くり返し。

海星が自分に与えられた名を理解した時、既に二年の月日が過ぎていた。

*

陽人と匡士を見送って、海星は安堵の溜息を吐いた。腕を摑んで引き摺られでもしたら、海星の体重と力では抵抗出来なかっただろう。

海星は読みかけの本を開こうとして、写真フォルダに目が行った。最新の保存は陽人から送られたコモードの動画だ。海星は人差し指で画面に触れて動画を開いた。

大理石の天板と波の様な飾り金具は豪華だが、ボンベ形の曲線に控えめな優美さを兼ね備える。カメラが動いてコモードに近付き、斜めから映されると、画面の端から妖精が姿を現した。

(やっぱり泣いている)

海星は現実で、人がこんな風に泣くところを見た事がない。

(こんなに綺麗な家具なのに、どうして悲しいんだろう)

妖精は骨董品の状態に影響される。海星自身、彼らの正体を知らない。幻覚か現実か、海星にとってはどちらでも同じだ。

傷付いた骨董品に寄り添う妖精は傷付いている。贋作や模造品には虫の様な形の定まらないナニカ、或いは妖精を模したハリボテの様なモノが視える。偽物には何もいない事もある。

動画のコモードはオリジナルなのだろう。妖精が怪我をしていないから、内側まで保存状態は良いはずだ。

海星はタブレット画面に手を添えた。

「君は何が悲しいの?」

記録は問いかけても答えない。過去から現在へ、一方通行だ。

「実物を見られたら……」

海星は窓を見遣った。

外に出る事は出来ない。海星にとって家の外は蠱毒の壺にも等しい。一歩外に出たら最後、また未知の高熱と苦痛に苛まれると思うだけで足が竦む。

妖精が涙を落とす。

レースのカーテンを隔てた日差しが蜃気楼の果ての様に遠く感じられた。

7

法律上、空き巣に入られても通報義務はないらしい。

警察は通報を受ければ現場検証を行うが、被害届が出されても、犯人を特定する決定的な証拠がなければ動きようがないのが実質的なところだ。

匡士は別件で訪れた場所で、偶然、散らかった部屋を見たに過ぎない。明らかに不審な状況にも拘らず。

「お帰りになったのでは？」

詰め寄る教頭の眉が引き攣って、立場で怒りを抑え付けているのが見て取れる。

陽人が感じていた妙な違和感は気の所為ではなかった。

彼らは部外者の介入を拒んでいる。警察の関与を厭う理由があるのなら一層、匡士は門前払いを受け入れまい。

陽人は首を伸ばして散らかった室内を覗き、長閑な歓声を上げた。

「素晴らしいですね。あのソファは十九世紀のリージェンシー様式でしょう。シルクかな。近くで見てもいいですか？」

「リー……何ですって？」

教頭が磁石で引き付けられたみたいに眦を吊り上げる。

陽人は微笑みを絶やさず、両の目を輝かせて答えた。

「リージェンシー様式。ジョージ四世が好んだ麗しいスタイルです。古代ローマの基礎からフランスのアンピール様式まで取り入れて、更に華美にした至宝です」

「お詳しいですね」

「学芸員の資格を持っています。専門は骨董と古美術です」

陽人がにこにこしていると、教頭は初めこそ圧倒された様子だったが、何かを思い付いたように目を見開いて陽人に詰め寄った。

「もしかして、修繕費をざっと見積もれますか？」

陽人は得心した。

被害額より修繕費を知りたがるのは、事件の解決より隠滅を望むからだ。彼らには被害を隠したい相手がいる。

「大まかにでしたら」

陽人は答えて、是非を問う代わりに匡士の方を見た。決定権が匡士にあると悟った教頭が、即座に抗議の表情を改める。

「いや、被害額によっては通報もしますから、刑事さんにとっても、ねえ？」

愛想を良くする教頭の背後で、教師の一人が声を潜める。

「いいんですか？」

「仕方ないだろう。校長が出張から帰られる前に方策を立てておかないとまずい」

事態が飲み込めてきた。

匡士が陽人に頷き返して、聞こえなかった態を取る。

「よければ、こうなった前後の話を伺えますか？　捜査の形にしておいた方が鑑定にも名目が付けられるんですよね。被害届が出なければ事件にはしませんが」

「是非。誰か協力して差し上げて」

教頭が振り返ると、集まっていた教師が逃した視線を押し付け合う。後ろへと転じた役目は、後方で所在なげにしていた教師に自然と集中した。

「そうですね、中西先生がいい。生徒とも仲がいいだろう」

「え、ぼくですか」

職員室で茶を淹れていた教師だ。人の好さが滲み出ており、周囲の期待を撥ね除けられないでいる。

「でも、五時間目はうちのクラスのコミュニケーション英語が」

「梅原先生、代わりに出て自習にしておいて」

教頭が手早く代理を立てる。

「分かりました。今度、奢って下さいよ、中西先生」

「すみません、お願いします」

中西に頼まれて梅原が野次馬から抜け出ると、輪の切れ目から教師らが散開する。教頭が悲嘆に暮れた顔をして、去り際に中西の肩を叩いた。

「中で話しましょうか」

匡士が中西を応接室に招き入れて、扉を閉めた。生徒が通りかかって噂にでもなれば教頭の恨みを買いかねない。

陽人は散乱した破片の間を縫ってソファに辿り着いた。ロウテーブルは降参した犬の様に腹を見せているが、ソファの方はトルコ絨毯に皺を寄せた程度だ。

「何年か前に保護者から寄贈されたそうです」

「それで、応接室に必要なさそうな箪笥や鏡もあるのですね」

「この部屋に最後に入った人は分かりますか？」

陽人と中西の会話に匡士が滑り込む。中西は考える間もなく答えた。

「昨日、校長先生が使いました」

「もしかして、既に校内で調べたんですか？」

「教頭先生の指示で……それに、応接室や理科準備室など一部の部屋は、鍵の持ち出しに記帳を義務付けられています」

「秘密裏に持ち出す事は？」

「難しいと思います。鍵を保管するキーケースは教頭先生の席にあるんです」

「発見時にドアの鍵は」

「開いていました。窓は施錠が確認されています」

記録外で鍵を使える人物は教頭しかいなかった。事後処理に躍起になる訳だ。

「校長先生は何の用事で来たんですか？」

「お客様です。交換留学先の校長先生が視察にいらっしゃいました。行く予定の生徒も呼ばれて御挨拶しています」

「その生徒と話をさせて下さい」

「でも、挨拶に来ただけです。生徒は鍵も手に出来ません」

「参考にこうなる前の状態を聞くだけです」

匡士が雑な誤魔化しで押し切ると、中西は不承不承受け入れた。

「陽人、ここ任せていいか？」

「行ってらっしゃい」

付いて行っても出来る事はない。陽人は手を振って二人を送り出し、残された応接室で溜息を吐いた。

「酷いなあ」

こんな事をして誰に何の得があるのだろう。

海星がいたら、陽人には気付けない痕跡を見付けて閃きを得るのだろうか。もしも妖精と会話が出来るなら、犯人の風体を直接訊けるのかもしれない。

（嗚呼、嫌だ）

チクチクと、心臓が痛む。

弟の優秀さが誇らしい。誰にも弟を傷付けさせない。弟を守るのは兄の役目だ。

しかし、知った風な顔をしておいて、陽人も海星の事を何も知らない。妖精の正体も、彼が何を見て何を思っているのかも。

弟になる前は何処にいたのかも。

後悔が重油の様に流れ込む。黒い油が心の歪な形を顕にする。

(どうして考えなかったのだろう)

ある疑念が陽人の背後で鎌首を擡げる。

弟の未来を考えず、優秀な捜査員になれると言う匡士の軽口に難色を示しながら、陽人自身が苦境に窮して海星を頼っている。

熱を出して苦しむ幼い顔が脳裏にちらついた。

＊

海星を雨宮家に迎えたのは、陽人が高校に上がって間もない頃だった。

最初の二年は入退院のくり返し。陽人は中高一貫校で厳しい受験はないにも拘らず、両親は学業を優先しろと言って彼を積極的に関わらせなかった。

海星の病状も、彼の身元もよく知らない陽人は、

(言ってくれたら手伝うのに)

などと暢気に思っていた。

だから、あの日、海星が弟になったと聞かされた時、何の感想も抱かなかった。箱を開けて彼を見付けた時から、陽人にとって海星は家族だと思っていた。

家で共に過ごす海星はパズルが得意で、好き嫌いで機嫌を損ね、片付け物が下手な、何処にでもいる子供と変わりない。だが、周りの大人はそうは思わなかった。

『家でお留守番なんて可哀想ね』

多くの人が憐れんだ。

『友達と遊ばないの？』

多くの人が首を傾げた。

『甘やかしてもろくな大人にならないぞ』

多くの人が嘲った。

家族を貶(けな)されたと腹立ちはしなかった。海星が可哀想な子だと思われている事の方が気にかかった。もし彼らの言うように海星が不幸ならば。もし海星が幸せになれるなら、出来る事をしてあげようと思った。外に連れ出すくらい簡単だ。

そんな簡単な事を今まで何故しなかったのか、陽人は疑いもしなかった。

両親が骨董市に出かけた日曜日、陽人はクローゼットから子供用のフリースジャケットを探し当て、海星が図鑑から顔を上げるのを待った。

「海星、桜を見に行こうか」

「さくら」

「お空いっぱいにお花が咲いて、花びらがひらひら舞って綺麗だよ」

「ひらひら」

頬を紅潮させる海星の手を引いて、陽人は扉を開けた。

川沿いに植えられた並木の桜は七分咲きで、花霞に煙る景色は見慣れた街ですら別世界の様に幻想的で、繋いだ手が強く引っ張られる度に海星の興奮が伝わった。

桜の間から覗く青い空、眩しい木漏れ日。川面に桜並木が映り、散った花びらが漂って再び舞う。大きく開けた口に花びらが入って海星が顔を顰めたかと思うと、次の瞬間には蝶を追って小さな手を伸ばす。草の手触りに目を輝かせる。

歩く内に感じた暑さを、春風の肌寒さが心地よく冷ました。

「綺麗だね」

陽人の呼びかけに海星が返事をしなくなったのは何度目の事だったか。

握り返す力が弱まり、殆どぶら下がるだけの手が重い。異変を感じて陽人がしゃがむと、海星は荒い呼吸ごと陽人の肩に倒れ込んだ。汗ばんだ額は燃えるように熱いのに、顔色は雪の様に真っ白だ。

「海星？」

瞼を閉じて、頽れる。意識を失った海星は、陽人が知るどんな物より重かった。

主治医に連絡をして病院に搬送された後、海星は一月もの間、生死を彷徨い、陽人はガラス越しに謝り続ける事しか出来なかった。誰も彼を許さない。誰も彼を責めないからだ。

熱に苦しむ幼い海星の顔を見ながら、陽人は今度こそ弟を守ると心に誓った。

＊

家を出る事は海星にとって死と同義だ。

免疫機能は働いているが、抗体が極端に少ないと言う。現代で一般的な病院で生まれ、人の手で育てられたとすればあり得ない数値だそうだ。原因は不明である。

海星の安全を保つには抗体を持たない抗原、平たくいえば病気や毒素に触れさせない事が肝要だ。桜の一件以来、陽人は海星が家で不自由なく過ごせる事を最優先に据えて手を尽くしているつもりだった。

黒く粘着質な液体が内臓の陰から這い出して陽人の心を覆う。

家を出る事は海星にとって死と同義である。

そう言って、彼が外に出られないのを口実に閉じ込めて、情報を与え、知恵を引き出し、都合良く利用しているのは陽人ではないのか。

『将来が楽しみだな』

海星の未来を語る匡士の何と純粋な事だろう。陽人が執心しているのは『現在』の継続である。

愛情と執着。

箱に仕舞ったコレクションを愛でるように。

愛が自分の為ならば、兄の立場に胡座をかいたエゴに他ならない。

陽人の臆病さを詰るように、スマートフォンが震えた。

「海星……」

通話アプリを開く指が逡巡する。深呼吸をして海星の名前をタップすると、画面が開いてカメラが起動した。

「兄さん、訊きたい事があるのだけど」

「どうしたの？」

声は平静を装えたと思う。しかし、笑顔に自信が持てなくて、ずらした画角に陽人の背後が映り込んだ。

「……その部屋、何？」

海星が長い前髪の下で怪訝そうに眉根を寄せる。

失敗した。

「ちょっと散らかっているかな。本木先輩の手伝いでね」

「見せて」

「必要ないよ」

海星を頼ってはいけない。利用してはいけない。執着してはいけない。彼を守る口実で得る矜持などあってはならない。

「兄さん」

「そんな事より、海星の用件を聞かせて」

「何故隠すの」

「見なくていい」

暗転。

陽人はスマートフォンを膝の上に伏せた。

8

匡士が陽人を誘ったのは場当たりの思い付きだった。

『なあ、陽人』

『そうだね』

二人が喧嘩をしたら必ず海星に味方すると明言していた陽人が、上の空とは言え匡士に賛同した。何かあったと察するには余りある証左だろう。

気分転換になればと下手な嘘まで吐いたが、逆に匡士が陽人に助けられてしまった。

帰りに買う土産の団子を増やしてやらねばならない。

（あんまり思い詰めるなよ、陽人）

匡士が教室のカーテンを閉め終えた時、中西が一人の生徒を連れて戻った。

「お待たせしました」

彼女は白だ。刑事の直感が匡士に告げた。

「一年二組の橋尾紺です」

校則に定められた制服を手本に忠実に着用して、長時間座っていたであろうプリーツスカートにすら皺ひとつない。ふたつに結った髪には黒いヘアゴムを使用して、前髪はきっちり眉毛の長さに揃えられている。

だが、匡士が無関与を確信したのは整った服装が理由ではなかった。

空き教室に呼び出されて、不審がる様子がない。後ろ暗いところがある者は、どんなに犯罪慣れしていようと相手の出方に身構えるものだ。

橋尾は初対面の匡士にも物怖じせず、お辞儀をしてから勧められた椅子に座った。

「授業中に申し訳ない」

「大丈夫です。自習でしたので」

道理で中西がスムーズに連れて来られた訳だ。

「交換留学の件について、話を聞かせて欲しくてね」

「あちらの先生ですか？」

橋尾が快活に尋ねる。中西が小さく唸って濁すので、匡士は警戒されないよう身元だけ曖昧にぼかした。

「セキュリティ関連の仕事をしています」

「えっ」

　橋尾の顔に影が差した。

　先に感じた刑事の勘は何処へやら。匡士は緊張を表に出さぬよう敢えて笑顔を作ったが、橋尾の顔は血色を失っていく一方だ。彼女は何か知っている。

　匡士が彼女との間に壁を感じた時、中西が空席の机にぶつかって音を立てた。

「痛て。ぼくは席を外します、どうぞお二人で」

「先生」

　橋尾が椅子を引く。

　中西は曲げた腰を摩り、反対の手で出入口の扉窓を指差した。

「ドアの外で見ておくので御心配なく。それに、橋尾さんが何を話しても成績や留学にも影響しません。困ったら手を振って呼んで下さい。すぐに駆け付けます」

「ありがとうございます」

「それじゃあ、後ほど」

　橋尾が落ち着いて腰を下ろすのを見届けて、中西が廊下へと退室した。新人なのか、教師の間では立場が弱いようにも見えたが、生徒の前では流石の教師振りである。

　匡士は有り難く質問に取りかかった。

「応接室に行った時、変に感じる事はなかったかな」

橋尾が匡士の後ろを見上げる。匡士が上半身を捻って見ると、黒板の上に時計があった。五時間目は残り十五分を切っている。

「もしかして、没収物が盗まれたんですか？」

橋尾が青くなる。

没収物。単語から予想は付くが初耳だ。詳しく尋ねたいが、ここで一から説明を求めては、彼女は警戒して口を噤んでしまうだろう。

匡士は知ったかぶりを決め込んで、深刻な顔で橋尾と視線を合わせた。

「君が何もしていないなら、知っている事を話してもらえれば大丈夫」

橋尾は廊下の中西を気にして、最初の言葉を三度、言い直した。

「御挨拶が終わって、私が応接室を失礼した後、校長先生達も出ていらっしゃいました。先生達は職員用玄関に、私は反対方向の職員室へ行きました」

匡士は脳内で記憶を再生した。玄関から入ってすぐ応接室、校長室、職員室の順に並んでいたのを覚えている。

「その時、職員室から男子が出てきました。その子は私とすれ違ったんです」

「というと……職員用玄関の方に歩いて行った？」

橋尾の喉が呼吸を詰まらせたみたいにくぐもった音を鳴らした。

「あっちには何もないのにと思って、途中で振り返ったんです。男子は何処にもいなくて、向こうの校長先生をお見送りする校長先生の笑い声が聞こえました」

「それで君は、その男子が応接室に入ったと思ったんだね」

「はい」

「没収について君の見解を聞かせて欲しい」

「分かりました」

匡士の狡い尋ね方に疑問を抱かない中学生の純真さには頭が下がる。

「授業に不要な物を持ってきてはいけないと思います。でも、鍵付きの部屋に仕舞って返さないのは、校則だとしても異常ではないでしょうか」

「違反は違反だろう。授業時間は没収されるのが妥当じゃないかな」

「次の長期休みまで戻ってきません。九月に没収されたら約四ヵ月です」

「長っ」

匡士の口を衝いて率直な感想が罷り出た。

橋尾が熱っぽく首を縦に振る。

「生徒から没収した私物を奪うのは泥棒と変わりません。彼が悪事を働いたとしても、先生方にはそうさせた責任があると思います」

「成程なあ」

行き過ぎた生徒指導は、被害者以外の生徒からも反感を買うという例だ。

交換留学生に選ばれるくらいだから、先方で問題を起こさない程度には品行方正な生徒だと学校に保証されている。その橋尾が十分前とは別人みたいに顔を赤くして、堂々と教師を非難したとなると相当の重みを伴った。

「その辺りは考慮しよう。ただ、ひとつ問題がある」

「何ですか？」

「君の話を証明出来る人がいない。君が職員室の前で引き返して応接室に行き、没収物を取り戻したのではないと信じたい」

「だったら、本人に聞いて下さい」

橋尾が憤然と立ち上がる。匡士は両手を小さく挙げて薄く笑った。

「名前は？」

「知りません。でも、隣のクラスの男子です。もうすぐ外を通るかも」

橋尾が椅子を引いて窓辺に立つ。匡士は彼女に倣ってカーテンの裏に身を隠した。

空き教室は一階で校庭に面している。校庭と体育館の間に楓の木と横長のプレハブ小屋があり、左右の扉から制服の男女が出てくるのが見えた。

「更衣室か」

納得する匡士に、橋尾が窓を指で突いて示した。

「あの人です。先頭集団と女子の間、三人歩いてる中の――」

「一番後ろ？」

「そうです」

橋尾が不思議そうに匡士を見る。

確信はなかった。奇妙な符合が匡士に安直な結論を齎したのだ。

（まさか）

男子生徒が何かに気付いて周囲を見回し、鞄を引き寄せてポケットのジッパーを閉める。直前まで縁から覗いていたのは、プリペイドカードの台紙だった。

9

海星、と何度も呼ばれる内に、それが自分の名前だと理解した。

高熱で朦朧とした脳は、箱に入れられた時の記憶を粘土の様に捏ね回して海星に押し付けたが、両親と歳の離れた兄に献身的に看病されて、優しさを感じるごとに息苦しさは薄れていった。

苦痛が続くより楽になりたいとさえ思っていたと打ち明けたら、彼らは烈火の如く憤り、滂沱たるやと泣くのだろう。

容易に想像が付いて、陶器の様に硬い頬が緩んだ。

＊

暗転。

突如として覆われた闇に、海星は指先で画面を叩いた。機器故障ではないようだ。何も見えない。聞こえるのは僅かな息遣いだけ。

「ずっと閉じ込めていてごめん」

暗闇から声がする。陽人の声音は苦しげに引き攣れていてすら優しい。

「海星を外に出したがる人達が親切で言っていると知りながら、心の何処かでは敵視していたのだと思う」

義務教育中の子供が家から出ないと聞いて、老婆心を働かせる者は少なくない。その度に、両親と兄は拒絶を強いられて来ただろう。事情を話せない以上、海星を悪く言う人もいたに違いない。

「海星を傷付けられるのは嫌だ。海星が苦しむのは嫌だ。海星を利用されるのは嫌だ。そんな風に思いながら、結局は僕も同じ事をしていた」

「兄さん」

「海星は物事を見聞きして受け取る情報量が多い。小さい頃からそうだ。そこに独自の発想を以て閃きに変える。賢くて、いつでも冷静で、こんなに素晴らしい才能を僕は閉じ込めて、独り占めしていた。守るなんて口だけで海星に頼って甘えていたんだ。皆、海星の事を知ったら絶対大好きになるのに――」

「一旦止まって」

海星は耐えきれず、陽人の話を遮った。

家の中にいるのに海星の身体が熱い。顔が火照る。

懺悔のつもりかもしれないが、弟をベタ褒めしているだけではないか。陽人は自身を悪し様に語るが、寧ろ万人に好かれるとしたら陽人の方である。

誰彼構わず心を砕いて、自分にばかり厳しいお人好し。

「馬鹿じゃないの」

呆れきった海星の罵倒に、画面が端から明るくなる。伏せられた画面が徐々に上に動いて、困惑した陽人を映した。

『お父さん、誰かいるよ』

あの時、箱を開けてくれたのは彼だった。

箱から出た後も海星は何度も生命を落としかけた。医師の話では、同世代の子供に比べて抗体の数が著しく少ないのが原因だと言う。

陽人は、死に足を摑まれる海星をいつも傍で見ていた。目を覚ました時に微笑む彼は決まって青白い顔をしている。

「海星？」

外の世界を見てみたい。

海星にとって無謀な願いは、一度だけ叶った事がある。

初めて触れる硬い地面はざらざらとして温かい。川のせせらぎは喜びを口遊み、川縁の草が風に踊る。水面の煌めきから光を追って空を見上げると、満開の桜が視界いっぱいに広がった。

重なり合う花々、木漏れ日が眩しくて、舞い散る花びらに息を呑む。

永遠にも思える時の中、美しい景色と繋いだ手の感触は今でも忘れない。

あれからずっと。

外に連れ出したい。

外の世界を見せたい。

百年前は同義であったかもしれない。現代では全く似て非なる願いである。

「俺にとってタブレットは外に繋がる窓だ。綺麗な物も美しい風景も、兄さんが見せてくれる」

海星は陽人を睨んだ。

「兄さんは俺を閉じ込めてなんかいない。俺を世界と繋げてくれてるのは兄さんだ」

「けれど、僕は海星の将来の事を考えていなくて」

「自分の将来くらい自分で考える」

「お兄ちゃんなのに、海星に甘えて」

「だから」

使える言葉が拙過ぎてもどかしい。海星はぶっきらぼうに語調を強めた。

「甘えていいって言ってるの。兄弟だろ」

耳の熱さが限界を迎える。陽人の顔を正視出来ない。海星はタブレットを机の端まで追いやった。

聞こえる息遣いが調べを転じた。

「海星……いい子に育って」

「やめてよ」

「そうだね。でも独り占めは良くないから、これからはうちの弟はすごいだろって皆に自慢していこうと思う」

「本気でやめて」

海星が一音下げて凄(すご)んでみせると、陽人が柔らかに相好を崩した。

「分かったら、早く部屋を見せてよ」

「ありがとう」

陽人がスマートフォンを外カメラに切り替える。

「必ず守る、兄弟だからね」

囁(ささや)く声は誓いの様で、海星は返事をしない方がいいと思った。

喪失の痕(あと)が見える。何かが死んだ、光の残滓(ざんし)だ。

「部屋荒らしの捜査？」

「先輩が個人的に」

調査に至る経緯を陽人に掻(か)い摘(つま)んで教えられて、海星は小さく嘆息した。

「もくもくさんの自由行動か」

警察の現場検証に海星は勿論、陽人も立ち会えないが、匡士が勝手にやっている事なら罰せられる事もあるまい。海星がタブレット越しに荒れた室内を眺めていると、人の気配が近付いて、画面に顔立ちだけは爽やかな男性が映り込んだ。

「海星、いたのか」

「邪魔」

海星が手を払うと、匡士が後ろを見てカメラの前から退いた。

「二人とも元気そうで何より」

匡士が訳知り顔でにやと笑って古い鍵を指先で回す。

「本木先輩、その鍵は？」

「動機はこの中だ」

陽人が匡士を追ってスマートフォンを動かす。

捉えたのはチェスト・オン・スタンドだ。

簞笥にインテグラルの様な形の脚を付けた家具で、十八世紀の家具によく見られる単純な鍵が付いている。構造を知っていれば素人でも針金で開けられるだろう。

匡士が鍵を差し込むと重い金属音がして、観音開きの扉が開かれた。

チェストの中は横板を三枚渡した棚作りで、ゲーム機、漫画、マニキュアの瓶や動物のフィギュアが詰め込まれた内部は、さしずめおもちゃ箱といった有り様だ。

「校長先生の趣味？」

「校則違反で生徒から没収した私物。犯人の狙いはこれだ」

「没収された物の場所が分かっているなら、荒らす意味はないよね——」

陽人が疑問を口にすると、匡士は核心を突かれた顔をしてから咳払いをする。

「侵入したけど簞笥が開かなくて、悔しくて部屋を荒らした」

「校長先生が施錠して帰るまで応接室に隠れていて、暗くなるのを待っていざ私物を取り返そうとしたらチェストが開かなかった？」

「生徒の間では簞笥に鍵がある事が知られていないようだった。誤算だったろう」

「それで暴れるかなあ」

陽人は犯人の行動が引っかかるらしい。匡士が唇を曲げる。

「目撃証言と動機で容疑者を上げて、裏を取る。まあ、端々は腑に落ちないが」

「例えば？」

「件の男子生徒は、逃げたコンビニの万引き犯と同一人物の可能性が高い。応接室に忍び込んだ翌日に万引きまでした事になる」

「自棄になった……没収された私物と同じ物を盗んで帳尻を合わせた……」

「どっちもあるなあ」

動機、犯行手順、おまけに別件の犯人まで揃っているというのに、陽人と匡士は浮かない顔でしゃがみ込んでしまった。

「仕事じゃないなら手を抜けばいいのに」

海星は独りごちて、目に掛かる前髪を左に分けた。

二人が沈んだお陰でチェストがよく見える。

綺麗な家具だ。左右の縦ラインは僅(わず)かに膨らんでいるが、樽形(たるがた)というほど顕著ではない。控えめな曲線に、約(つづま)やかだが上質な木材と加工が実直な美しさを描き出す。

控えめなモールディングの上辺に、妖精(ようせい)が横たわっている。

生成りのワンピースに赤い木靴を履いて、純白のヴェールが伏せた顔を淡く隠す。妖精は膝(ひざ)を畳んで丸くなると、悲しそうに足を撫(な)でた。

「靴が合わないのかな」

「脚を付け替えたのかもしれないね」

海星の声が聞こえたらしい。陽人がカメラをチェストの足元に傾けた。

チェストの四隅から伸びた脚は本体の曲線を引き継いで、滑らかに床を踏み締める。

「十八世紀は家具の脚の先端を細く尖(とが)らせたカブリオレ・レッグが人気だった。けれど、細い脚は虫喰(むしく)いし易い。このチェスト・オン・スタンドも、何処かの時代で持ち主が修理したんだと思う」

「この高そうな箪笥にノコギリを入れるって発想にまず寒気がする」

匡士が大袈裟(おおげさ)に身体を震わせる。陽人が楽しげに微笑んだ。

「どんなに高級でも道具は使う物だから、部屋に合わせて切り分ける事もあった。このチェスト・オン・スタンドだったら、ワンルームマンションに引っ越す時に脚を取るとかね」

「ワンルームにアンティーク……素麺(そうめん)にビーフシチューみたいな食い合わせだな」

「意外と美味(おい)しいかも」

「報告待ってるわ」

二人の他愛ない会話は、話が逸(そ)れた辺りから海星の耳を素通りする。思考回路がありえない速度で情報を結び付け、隅から隅まで電流が行き渡った。

荒らされた応接室。

脚を付けた美しい家具。

逃げた万引き犯。

謎の光。

悲しむ妖精。

「ちぐはぐな動機と犯行が繋がる仕組みはある」

海星はタブレットの画面を切り替えたので、陽人と匡士の反応は見なかった。

10

忘れられた楽譜が僅かに浮き上がる。

教壇の位置に主舞台、黒板の代わりに音響反射板が吊られて、階段状に設置された講義机は客席の様だ。プロセニアムこそないが、前方の平坦な床がオーケストラピットに見えてくる。

扉が開閉して、風圧でまた楽譜の端が浮く。吸音パネルで覆われた壁に密閉されて、守られた室内に主役が登場した。

「すみません。中西先生に呼ばれて来たんですけど」

学ランを見本通りに着て、肘や腿に照りもない。幾分伸びた後ろ髪が、入学から馴染んだ半年を思わせる。

「帰りに引き止めてすみません。来てくれてありがとうございます、日外さん」

「はい……」

中西が彼を誘導して最前列の椅子を引く。日外と呼ばれた生徒は身構えて、椅子には座らず、背凭れに両手を置いた。

最後方の席に座る陽人が微笑んでも、日外には見えないだろう。見えたところで緊張は解れまい。壇上の椅子に見知らぬ大人が座って、紙コップで茶を飲んでいるのだ。

「あの、これからどうすれば」

中西が壇上に登って尋ねると、匡士は徐に立ち上がり、中西に紙コップを押し付けて床面に飛び降りた。

「日外君、こんにちは。本木と言います」

匡士が躊躇いもなく警察手帳を提示する。

日外は声もなく彼を振り仰いで、椅子の背凭れを握り締めた。

「うん、コンビニの店長さんに防犯カメラの映像を見せてもらった」

「顔、映って」

単語を絞り出すのが精一杯という風に息を詰まらせて、匡士を見上げる日外の眼差しは縋るようだ。匡士が机に腕を突いて身を屈めた。

「誤った罪に問われるのは悔しいよな。周りの都合で自分の気持ちを曲解されるのも気分が悪いだろう。取り調べでいつも言われるよ。嘘ばっかり吐く奴もいるから、揚げ足の取り合いになっちゃうんだけどさ」

苦笑いで表情を崩しても匡士の瞳は真剣だ。

「だから、俺の話を聞いて、間違っている所があればそこは違うって訂正してくれ。俺も君の話に証拠と合わない部分があれば止めさせてもらう」

「…………」

「まずは勝手に話すよ。気が向いたら適当に相槌でも打ってくれたらいい」

日外は、陽人の場所からは頭が見えなくなるほど俯いて答えない。壇上の中西は椅子に腰かけて、困惑しながらも匡士に託す態勢だ。

匡士が机の上から手を離して、ゆっくり腰を伸ばした。

夕陽が傾いて、空はまだ青いのに、向かいの校舎が橙色に染まった。

「昨日、応接室に侵入者があった。君は昨日、没収されたゲームソフトを返してもらいに職員室に行っているね。担任の梅原先生は冬休みまで預かる規則だと退けたが、君は友人からの借り物だからと懇願している」

梅原曰く、彼個人は生徒を気の毒に思っていて、毎度『ごめんな、応接室で保管されるから先生にもどうにもならないんだ』と謝っているという。

「職員室を出た君は、応接室の方を見た。その時ちょうど、校長先生が客人を見送りに玄関に向かった。応接室の鍵は開いていて、中は無人」

深く考える余裕はなかっただろう。今しかないと思わせるには充分な短い時間だ。

「君は応接室に潜り込んで、家具の陰に隠れて機を窺った。細部は想像に頼るしかないが、校長先生はお茶や何かを片付けてから部屋を閉めたんじゃないかな。君は廊下が静かになるのを待ってゲームソフトを捜した」

翌日、出勤した教頭によって応接室の異変が発覚する。だが、匡士は真相を突き詰める前に話題を大きく変えた。

「ところで、君はコンビニに来た時、万引きをする予定ではなかっただろ」

日外の手の甲に血管が青い線を走らせる。

「万引き？」

中西が青天の霹靂という顔で身を乗り出した。匡士が指揮者の様に立てた人差し指を揺らす。彼はスマートフォンを取り出して、悠然と操作を始めた。

「録画から推測するに、ジュースを買いに入って迷っていた時に、食べ物を盗む万引き犯を目撃した。データがあるんだが」

匡士が画面を横に倒して動画を再生する。

画質の粗い映像だ。

万引き犯がおにぎりと飲み物をポケットに押し込んだ後、棚を移動して更なる大物を狙う。日外はそれを観察し続けているように見える。そして、万引き犯が充電器を摑んだ時、日外は急いで傍にあったプリペイドカードを束でフックから外した。

「ここ」

匡士が映像を止めて拡大する。日外の足元にカードが数枚落ちた。

「これが落下した音で客の大学生が振り向いた。万引き犯が発覚に気付いて逃げ出すより前に、君はもう走り出している」

「日外さんは音を立てて、お店の人に気付いてもらいたかったという事ですか？」

「それ自体が目的ではなさそうです」

口を挟んだ中西に、匡士が答えて日外を見つめる。日外の学ランの背中が上下する。

スタンドカラーの首がぎこちなく動いて目線を逸らす。

「ジャージで問題を起こして逃げ切れば、通報を受けた警察が学校に来る。コンビニの店長でもいい。校内で部外者を待ち構えて、鏡で太陽の光を反射させて俺の顔と窓に当て、応接室を見るよう気を引いた」

匡士の話を聞きながら、陽人は日外の小ささに目を細めた。背は低く、体格は匡士の半分ほどしかない。

計画には中学生らしい杜撰さと、中学生にしては賢い策略が同居していた。

コンビニエンスストアから通報を受けた警察が、必ずしも捜査をするとは限らない。電話で注意をして終わる事も、そもそも黙殺される事もあり得た。

しかし、中学校に侵入者があったと通報しても学校は否定出来る。現実に教頭は通報せず、校長の出張中に事件を揉み消そうとしていた。

成功したのは偶然だ。そして、結果如何に関係なく確実に言える事もある。

「応接室を荒らした真犯人なら絶対にしない行動だ」

匡士が断言する声が反射板に響く。壇上で中西が啞然とする。日外の膝が抜けて崩れる身体を、匡士が受け止めて椅子に座らせた。

「ありがとう」

「うん」

「来てくれてありがとう、警察の人」

日外が掠れた声で咳をする。おそらく声変わりの最中なのだろう。彼が空咳で声の高さを調整するのを、匡士が床にしゃがんで気長に待った。

「応接室には生徒から取り上げた物がなかった、です。棚に鍵が掛かってて、あの中ですか？」

「そうだね」

「やめればよかった。思い付きで動くなっていつもお母さ、母に」

日外が咳払いをする。

未成年の関わる犯罪がどうして特別扱いされるのか。彼らはどんなに大人びて、時に大人より聡明だったとしても、判断能力は未成熟と言わざるを得ない。情報源は偏り、選択肢は限られる。経験は少なく、失敗を知らない。独立した一個人として扱うのとは別の基軸で、単独で決断を任せるには危うい存在だと覚えておくべきだろう。

「諦めて、その次はどうした?」

「帰りました。内側からドアは開けられたから。でも鍵がないから開けっ放しで、昇降口も閉まってたので職員用玄関から帰りました」

「君が帰った後、他の犯人が侵入した」

「おれの所為です。朝練前に大丈夫だったかなって外から覗いたら応接室が荒らされてました。でも、教頭先生がいるのに通報しないんです」

日外が自らの膝に覆いかぶさるように低頭する。

「おれがやったと思われてるんじゃないかって怖くなって学校を出て、真犯人が捕まればいいんだって思い付きました。けど、普通に通報しても先生達に揉み消されそうだし、迷ってる時にコンビニで万引きを見て、咄嗟に……」

匡士が彼の椅子の背凭れを軽く叩いた。

「校長先生とコンビニの店長には謝ってもらう。君の役目だ」

「はい」

「犯人を捕まえるのは俺の役目」

「……お願いします！」

日外が頭を振り上げる。匡士は一度身体を沈ませてから、膝のバネの反動で立った。

「あ、一応、教頭先生に聞いてから」

「帰っていいよ。また連絡する」

壇上で中西がまごついている。匡士は独断で日外を立ち上がらせると、音楽室の出口に送り出した。

「日外君、ひとついいかな」

「何ですか？」

「応接室を出たのは何時頃だった？」

匡士の問いに、日外は一旦、下を向いて思い出す。

「七時過ぎだと思います。家まで走って十五分くらいで、七時半には帰りました」

「ありがとう。お疲れ様」

「失礼します」

日外は防音扉を押さえて、匡士と中西、陽人にも会釈をして退室した。

真犯人は他にいる。

日外の容疑を否定する声が反射板に響いたのは、匡士が壇上を向いていたからだ。

中西が両手で後生大事に紙コップを包む。まるで恐ろしい密度の液体を注がれたみたいに椅子から立ち上がれないでいる。

「中西先生は、橋尾さんのクラスの担任ですよね」

空き教室で話を聞いた時、彼女は自習中だと答えた。

『でも、五時間目はうちのクラスのコミュニケーション英語が』

『梅原先生、代わりに出て自習にしておいて』

中西のクラスは彼が匡士の捜査に立ち会う為に自習になっていた。

匡士が壇上に右足を掛ける。

「橋尾さんは交換留学先の校長に挨拶(あいさつ)をした後、職員室に向かっている。留学関連の用事だとしたら、会いに行ったのは担任だ」

「確かに、橋尾さんは先方の校長から預かった書類を持って来ました」

「あなたは応接室から戻ってくる彼女を待ち、職員室を出ようとしていたのでは?」

匡士が左足を引き寄せて壇上に登る。

日外に言ったように、間違いはその場で正せば良い。

だが、中西は黙ってしまった。否定すべきか迷ったのかもしれない。

「だったら、どうなりますか?」

中西が紙コップを人差し指の爪で掻く。

「橋尾さんが日外君とすれ違うのを、あなたも見ていた。行き先は応接室しかない。退勤時に思い出して立ち寄ったあなたは、応接室の鍵が開いているのに気付いた」

それから彼が何をしたか、応接室の状況が物語っている。

「あなたは捜査の際、橋尾さんを呼び出して自分は席を外した。成績や留学には影響しないと念を押して、日外君について証言するように仕向ける為に」

「偶然です。応接室のドアは誰でも開けられたんですよね？　だったら、教師も生徒も誰だって可能だったでしょう」

「そうですね」

匡士があっさり同意して中西の方へ歩いていく。

「犯行時刻は日外君が下校した十九時過ぎから翌朝までの間。刑事の仕事にアリバイ捜査ってのがあるの、御存じです？」

職員用玄関の施錠方式を聞けば、時間と方法はより狭められるだろう。

応接室の侵入経路を作った日外の『動機』。

部屋を荒らした中西の『犯行』。

切り分けられた家具の様に、二つの事件が重なってひとつの犯行現場を作り上げた。

「どうして放っておいてくれないんですか……」

中西の肘に力が入る。紙コップが握り潰された。

「イライラするんですよ。無能な上司も、根拠のない自信でマウント取る同僚も、人を見下して自分が一端の何者かになった気でいる馬鹿共です。茶ぐらい自分で淹れろよ。ペットボトルを買って来い」

腕を振りかぶって投げられた紙コップが、吸音パネルに当たって床に転がる。

「衝動的に暴れた、と」

「飾り物の皿が割れたところで、管理者の教頭が評判を落とすだけでしょう」

「問題が大きくなりそうだから日外君を生贄に？」

「自業自得です。日外が応接室に入らなければ、鍵を開けておかなければ、こんな事にはならなかったんです。剰え学校に警察を呼び寄せるなんて、教頭は揉み消すつもりだったのに。やらかした分のペナルティは受けてもらうのが筋です」

「見縊ってもらっちゃ困るなあ」

匡士が気怠げに嘆息したかと思うと、長い足で一気に距離を詰めて、中西が座る椅子の背を鷲摑みにした。至近距離で睨まれて中西が縮み上がった。

「日外君は日外君の後始末をする。あなたはあなたの責任を負う。ひとつの事件だからって罪を混同するほど、警察は無能じゃないんですよ」

「もっ……申し訳ありません」

「おし」

匡士は破顔して頷くと、上体を引き起こして紙コップを拾った。

中西が椅子から半分ずり落ちて項垂れる。

よく晴れた空が楓色に染まっていた。

11

居間のソファが左に傾いている。

匡士と海星の体重差で、座面に傾斜が付いているからだ。

「もくもくさん、あっち行って」

「嫌だね。俺も見たい」

「見ても分からないだろ」

「陽人、解説頼む」

「図々しい」

海星は手加減なく呆れてみせたが、匡士はノーダメージとばかりに笑っている。

「撮影の許可をもらったから、中に入るね」

陽人がインカメラから外カメラに切り替えると、画面にモダンな扉が映し出された。小さな色ガラスを嵌め込んだ木扉で、風合いは古く見えるが蝶番に軋みはない。

扉が開いて、陽人が部屋に足を踏み入れた。

腰羽目が白壁、上部に花柄の壁紙を貼った洋室だ。暖炉の前に半円形の絨毯を敷き、ロッキングチェアでキジトラの猫が居眠りをしている。

陽人が近付くと、猫が起き抜けに飛び退って椅子から転落した。猫は暫くの間、寝ぼけ眼を丸くして放心状態でいたが、髭をぴんと立てるなり一目散に逃げていった。

「ごめんね」

陽人が廊下に向かって謝る。

カメラは再び動き出し、マントルピースと反対の壁を捉えた。

金の飾り金具が華やかなコモードと、涼やかなチェスト・オン・スタンドが並んでいる。調度品の装飾は豪華と堅実で対極に思えたが、鍵穴の形が瓜二つだった。

画面に陽人の腕が映り込む。彼は白手袋をした指先でコモードとチェストの縦ラインをなぞった。

「ボンベの形状が分かるかな」

「何となく？」

匡士が頭を傾けて正直に疑問符を浮かべる。

「飾り細工が付いているから見えづらいかもね」

「そんな繊細なレベルじゃないよ、兄さん。もくもくさんは直線と曲線の区別しか付かないでしょ」

「馬鹿にするな、と言いたいとこだがその通りだ」

匡士が堂々と胸を張るので、海星はタブレットを彼の方に傾けてやっているのが虚しくなった。

「少し映像だけ切るね」

陽人が言って、通常通話に切り替えられる。穏やかな声は続いて聞こえた。

「昔、大型の家具は財産だった。豊かな一族は幾つもの別荘を持ち、それぞれに家具を揃えたけれど、多くの家庭ではひとつの家具を代々、使い続けていた」

話す後ろでシャッター音が二回鳴る。

「受け継がれた家具は、時代を経て家に合わなくなる事もあった。人々は背が高ければ切って丈を削り、物足りない時は装飾を施して大切に使い続けた」

タブレットの上部に通知タブが現れる。メール本文は『添付ファイル』の文字のみ。

海星がタブに触れると、写真が表示された。

二枚の写真が合成されている。コモードの上に脚を外したチェストを載せて、赤いペンで右側の輪郭が強調されている。

それぞれの調度品が持つ膨らんだ曲線は綺麗に繋がり、一筋の美しい波を描いた。

通話にビデオ画面が戻る。陽人がコモードとチェストに近付く。

「来歴によれば、コモードには後から化粧板と飾り細工が加えられている。別の持ち主によって、天板をマントルピースに合わせた大理石に付け替えた記録もあった」

「それじゃあ、その二つは……」

匡士が食い入るように目を瞠る。陽人の声音が優しく微笑んだ。

「チェスト・オン・チェスト。雨宮骨董店の名に於いて、元はひとつの家具と鑑定致します」

海星は無言で画面に映る調度品を見た。

可憐な羽が清かに羽ばたく。

金刺繍が入ったシャツの妖精がチェストの方へ手を差し伸べる。チェストの上で横たわっていた妖精は、生成りのワンピースをはためかせて彼の腕に飛び込んだ。

二人とも泣いている。けれど、悲しい涙ではない。

妖精達は幸せそうに額を寄せ合った。

「海星のお陰で、クライアントもいい買い物が出来たと喜んでいらしたよ」

「別に」

海星は画面から顔を背けた。

オリジナルはひとつの調度品だったかもしれないと可能性を示したのは海星だが、来歴を取り寄せたのも、チェストを中学校から買い取れたのも、コモードと合わせて取引を成立させられたのも、陽人の交渉術の賜物である。

「やるなあ、海星」

匡士が海星の背中を叩こうとしたので、海星は上体を倒して避けた。空振りした腕が虚無を掻く。彼の手は骨が太いから、触られただけでも芯まで響くのだ。

匡士が不平を鳴らす。陽人がいなして笑う。

海星にとって、箱の外は蠱毒の壺だ。世界に拒絶され続け、元いた場所に思いを馳せる日もある。

けれど、彼らに数多を与えられた。

この感情に名前を付けて受け取れるほど、海星はまだ素直になれないが。

「兄さん、早く帰ってきてよ。ホットケーキが食べたい」

我儘を言ってみる。

「いいよ」

「自分で作れ」

毛布に包まれているようだった。

海星が拾われた箱形チェストは、雨宮の両親が廃業する友人から買い取った骨董品に紛れていた。不思議と購入リストに記載はなく、友人に訊いてもこんなチェストには覚えがないと驚いた。

警察の行方不明者届や児童養護施設を調べる余裕はなかった。海星は箱から見付かったその日に高熱を出して、雨宮家かかりつけの病院に運び込まれた。

血液検査の後、海星を診た医師は首を捻った。

『この子は一般的な抗体を持っていない』

人間は生後十ヵ月から五歳までの間に約三百種の病原体に感染して、免疫を獲得していく。また、予防接種によって人為的に作られる抗体もある。

海星が持つ抗体は、二歳の子供の獲得免疫に比べて極めて少なかった。

雨宮の両親と主治医は、病気をくり返す海星を何とか生かそうと苦心した。五歳になる頃には免疫力が上がって、他の子供に比べれば低いものの、家で過ごせる期間も長くなっていた。

終　幕

彼らは胸を撫(な)で下ろして互いに奮闘を労(ねぎら)った。

ある時、主治医がこんな事を言い出した。

『もしもこの子が病原体の存在しない夢の世界から迷い込んだのなら、もう帰る事は出来ない』

海星の素性をお伽噺(とぎばなし)の様に語るのは、謎をはぐらかす戯れに過ぎなかった。

行方不明者届に該当する子は見付からず、チェストの出所も判明しない。児童養護施設の協力を受けて雨宮家の養子として迎えたが、結局は何も分からなかったからだ。

だが、その日の主治医はいつになく悲愴(ひそう)な面持ちをしていた。

『抗体を得た人間は、発症しないが運搬者になる。後戻りは許されない。病やウイルスのない世界にそれらを持ち帰れば、曾(かつ)ての仲間を滅ぼしてしまうだろう』

不思議な子供を慈しむ、冗談めかしたお伽噺。

残酷な結末もまた虚構に過ぎないと皆、信じている。

参考文献

『アンティーク・ディーラー　世界の宝を扱う知られざるビジネス』石井陽青　朝日新聞出版

本書は書き下ろしです。

この作品はフィクションです。実在の人物、団体等とは一切関係ありません。

雨宮兄弟の骨董事件簿

あまみやきょうだい　アンティーク・ファイル

高里椎奈

たかさとしいな

令和４年 11月25日　初版発行

発行者●山下直久

発行●株式会社KADOKAWA
〒102-8177　東京都千代田区富士見2-13-3
電話　0570-002-301（ナビダイヤル）

角川文庫 23421

印刷所●株式会社暁印刷
製本所●本間製本株式会社

表紙画●和田三造

◎本書の無断複製（コピー、スキャン、デジタル化等）並びに無断複製物の譲渡および配信は、著作権法上での例外を除き禁じられています。また、本書を代行業者等の第三者に依頼して複製する行為は、たとえ個人や家庭内での利用であっても一切認められておりません。
◎定価はカバーに表示してあります。

●お問い合わせ
https://www.kadokawa.co.jp/（「お問い合わせ」へお進みください）
※内容によっては、お答えできない場合があります。
※サポートは日本国内のみとさせていただきます。
※Japanese text only

©Shiina Takasato 2022　Printed in Japan

ISBN 978-4-04-112949-4　C0193

◇◇◇